Im Inneren des Landes

Dirk Brauns

Im Inneren des Landes

Roman

Galiani Berlin

MIX
Papier aus verantwortungsvollen Quellen
FSC® C014496
Verlag Kiepenheuer & Witsch, FSC-N001512

1. Auflage 2012

Verlag Galiani Berlin

Umschlaggestaltung: Lisa Neuhalfen und Manja Hellpap
Umschlagmotiv: © Roger Troks
Autorenfoto: © Max Lautenschläger
Gesetzt aus der Sabon und der Quadraat Sans
Satz: Pinkuin Satz und Datentechnik, Berlin
Druck und Bindung: GGP Media GmbH, Pößneck
ISBN 978-3-86971-065-5

»Es empfiehlt sich, einfach irgendwo zu graben; vielleicht stößt man gleich dort, wo man steht, auf Reste, Scherben, Erinnerungen an die Toten.«

J. M. Coetzee *Warten auf die Barbaren*

»Der Schatten aber ist ein lebendiger Teil der Persönlichkeit und will darum in irgendeiner Form mitleben. Man kann ihn nicht wegbeweisen oder in Harmlosigkeit umvernünfteln.«

C. G. Jung *Archetyp und Unbewusstes*

Denen, die ohne Vergangenheit auskommen

0

+++ Eggesin +++

+++ der 53-jährige Ingo K. ist gestern in seinem Haus in der Waldsiedlung überfallen worden. Wie Zeugen berichteten, kam es gegen 19.15 Uhr zu einer Auseinandersetzung an der Eingangstür. Ein Unbekannter drängte den Hausbesitzer in den Flur, dort löste sich ein Schuss. Bislang ist unklar, wer auf wen geschossen hat. Sowohl Ingo K. als auch der Angreifer sind verschwunden. Beim Eintreffen der Beamten war das Haus verlassen. Die Untersuchungen laufen in alle Richtungen. Laut der zum Zeitpunkt des Überfalls abwesenden Ehefrau, von der Ingo K. in Trennung lebt, wurde nichts gestohlen. +++

+++ Wer gestern im Umfeld des Tatortes Verdächtiges beobachtet hat, wird gebeten, sich beim zuständigen Kriminalkommissariat in Ueckermünde zu melden +++

1

Waldsiedlung – kurz vor dem Schuss
Stefan Brenner wartet im Auto

Ich bin einen Steinwurf entfernt. Kern ist im Haus, aber ich kann mich nicht durchringen, ihm zu folgen. Was passiert, wenn ich es wage? Ich weiß es nicht.

Ich weiß, dass ich es tun werde, und dann wird man sehen.

Um sieben Uhr abends herrscht hier eine Verlassenheit, die mich mit Hohn erfüllt und zugleich erleichtert. Ich steige aus, zünde mir eine Zigarette an und verharre neben dem Wagen. So werden sich Zeugen wie dieser Imker drüben hinter dem Zaun an mich erinnern – an einen Mann im Geschäftsanzug, der mit verschränkten Armen an seinem Auto lehnt.

Ich starre auf Kerns Haus.

In diesem Moment werden die Fenster im Erdgeschoss geöffnet. Ich sehe *seine* Hände an den Fenstergriffen, *seine* Arme, auf denen sich der Gardinenstoff bauscht, während die Fensterflügel aufgestoßen werden.

Nach einem prüfenden Selbstgespräch setze ich mich in Bewegung. Gleich werden wir uns gegenüberstehen. Mein Schritt auf dem Asphalt hallt viel zu laut.

Die Gartentür ist angelehnt. Ich zögere ein letztes Mal und binde mir die Schuhe.

Dann gehe ich durch.

II

Waldsiedlung – kurz vor dem Schuss
Ingo Kern streift durchs Haus

Nachdem ich Umzugskartons gefüllt und in den Flur gestapelt habe, unternehme ich eine Art Abschiedstour. Solveig und die Kinder sind nicht da, darum hatte ich ausdrücklich gebeten. Als ich aber im leeren Arbeitszimmer stehe und die hellen Vierecke auf den Tapeten und dem Parkett betrachte, ist die Stille kaum zu ertragen.

Ich muss den Waffenschrank ausräumen.

Vorher möchte ich noch einmal einen Blick in alle Räume werfen und mir das Haus, auf dessen Umbau ich stolz bin, aus dem Herz reißen.

Die Trennung geht auf meine Kappe. Es wirklich zu tun, hat mit dem Gerede drum herum nichts zu tun. Ich nehme die leise knarrende Treppe in den ersten Stock, mustere die Fotos vom Bali-Urlaub im letzten Jahr und lande in Gunnars Zimmer.

Obwohl der Junge seit Monaten im Internat wohnt, sieht es aus wie immer. Angewidert drehe ich mich um die eigene Achse. Verkrustete Tempos, das zerwühlte Bett, zwischen Turnschuhen und Unterwäsche liegende Schulhefte und die Plakate, auf denen grimmige Schwarze Bälle in Körben versenken – alles nimmt die kommende Kluft vorweg.

Du warst zu streng mit ihm, denke ich und betrachte

den staubigen Finger, den ich durchs oberste Fach des Bücherregals zog. Die Schlamperei ist Solveigs Versäumnis. Was ich mir zuschreiben muss, geht tiefer. Mir fällt ein, dass mich Gunnar als Fünf- oder Sechsjähriger einmal beim Angeln fragte, ob es Fischen gefallen würde, wenn man sie anfasst. Ich erinnere mich, die Frage als unsinnig abgetan zu haben.

Seltsam, was einem durch den Kopf schießt.

Ich lehne im Türrahmen, reibe mir die Schläfen und warte, bis sich der Kloß in meinem Hals auflöst. Hätte ich fürs Ausräumen jemanden herschicken sollen?

Ich gebe mir einen Ruck und gehe zurück nach unten. Was habe ich erwartet?

Als wir in dieses Solveig zuliebe rosé gestrichene Haus am Waldrand zogen, hatte ich eine Eingebung. Mit Verwandten und Freunden warteten wir auf der Straße, ließen Sektkorken knallen und stießen dann mit lautem Hallo die Gartentür auf.

Im Jubel sah ich mich plötzlich ausziehen.

Sara war vorausgesprungen. Mit Gunnar im Arm und Solveig an der Hand lief ich auf dem neuen Kiesweg bis zur Haustür und hatte das Gefühl, mir selbst entgegenzukommen:

eine geisterhafte, wie in Frischhaltefolie gewickelte Gestalt.

III

24 h vor dem Schuss
Stefan Brenner fürchtet sich vor dem morgigen Tag

»Hast du auf die Uhr gesehen?«, keift Gudrun.

Ich ziehe die Schuhe aus und möchte sehen, was mir in diesem Haus das Liebste ist.

»Wo gehst du hin?«

»In Manuels Zimmer.«

»Spinnst du? Er hat Grippe und schläft schon!«

Meine Frau baut sich vor mir auf. Sie trägt eine apricotfarbene Bluse und atmet heftig.

Manuel ist sechs Jahre alt. Er ist dabei, sich die Gleichgewichtsstörung unseres Zusammenlebens bewusst zu machen.

»Stimmt es, dass du aus einer Rippe von Mama gemacht bist?«, fragte er mich neulich beim Einkaufen. Das biblische Bild enthält bittere Wahrheit. Gudrun wirft Manuel bis unter die Zimmerdecke. Ihre Hände pflegen Haus und Garten. Mit hüpfendem Adamsapfel (ja, den haben auch Frauen!) weist sie unserem Dreigestirn den Weg.

Sie fragt:

»Hast du getrunken?«

»Nein.«

»Hast du eingekauft?«

»Ja.«

»Hast du das Kinderkonto für Manuel eröffnet?«

Hinter mir liegt eine endlose Autofahrt. In der Zentrale erhielt ich einen Auftrag, der gegen meinen Kopf hämmert. Selbst jemandem wie mir, der Krawatten mit Firmenlogo trägt und nach einem Jahrzehnt Betriebszugehörigkeit nicht immer weiß, wann ›Schluss!‹ gesagt werden muss, reicht es.

»Lass mich in Ruhe!«

Ich bin kurz davor, der Siamkatze, die neugierig in den Korridor läuft, einen Tritt zu versetzen.

Der abendliche Garten entspannt. Ich liege im Liegestuhl. Dazu rauche ich und trinke Wein aus der Flasche. Die Katze begreift nichts. Sie springt mir auf den Schoß und schnurrt. Ich ertrage ihre Innigkeit eine Weile, aber selbst im Dunkel stört mich der blaugrüne Blick. Zudem ist das Tier daran gewöhnt, allabendlich angeleint einen, wie Gudrun es nennt, englischen Spaziergang zu absolvieren.

Mit einem Ruck befreie ich mich und schlafe ein.

Gudrun rüttelt mich wach.

»Was machst du hier?«

»Na, was.«

»Los rein. Es wird kalt!«

»Ich will nicht.«

»Komm schon.«

»Nein.«

Sie hat ihren Bademantel übergeworfen und stützt die Arme in die Hüften.

»Lass das! Du musst morgen früh raus.«

»Noch ein bisschen.«

»Du solltest dich sehen.«

»Hilf mir, wen siehst du denn?«

»Jemanden, der auf elegisch macht, weil –«

»Ja?«

»Ach, Stefan. Die Dinge sind, wie sie sind.«

»Erspar mir deine Küchenweisheiten! Wer so schlau ist, hätte jemand anderen heiraten sollen.«

»Vielleicht. Du benimmst dich armselig wie Rohde, weißt du das.«

»Was hat das mit unserem Nachbarn zu tun?«

Sie rauscht ab. Zu müde für die ganz große Szene.

Ich nicke wieder ein.

Später kommt die Kälte. Sie kriecht an den Beinen hoch und fühlt sich an wie ein feuchtes Badetuch. Klare Luft und völlige Stille. Das Rauschen der Autobahnkilometer fressenden Reifen hat aufgehört. Ich spaziere über den Rasen.

Bei Rohde brennt Licht. Durch den Spalt der Fensterläden versuche ich, einen Blick ins Innere zu erhaschen, sehe aber nur das Flackern des Fernsehers.

Gudrun nennt Rohde einen »Kauz, zu dem man besser Abstand hält«. Sie hat den meist im Blaumann auftretenden Pensionär einmal gefragt, ob er bereit wäre, während unseres Urlaubs und gegen Bezahlung unsere Blumen zu gießen.

Die Antwort lautete: »Dafür bin ich leider zu beschäftigt.«

Wenn Gudrun die Geschichte erzählt, ist sie jedes Mal fassungslos. Ich habe das Gespräch nicht miterlebt, aber für mein Empfinden sollte man Rohde bedauern. Abgesehen von dürren Fakten – er ist ein Urgestein dieser Siedlung und lebt seit dem Tod seiner

Mutter allein –, wissen wir nichts. »Je länger ich über ihn nachdenke, desto unheimlicher wird er mir«, lautet Gudruns Standardsatz, sobald wir über ihn sprechen. Er lebt neben uns her, ein silberhaariger Geist, dem man zunickt und der sich emsig um Unkraut, Harkmuster auf den Wegen und die Abholung der Mülltonnen kümmert.

Mitunter wartet er vor unserer Einfahrt. Dort fegt er zaghaft auf der Stelle und möchte Gudrun, mich oder Manuel in ein Gespräch ziehen.

Ich stelle mir vor, dass die Einsamkeit in ihm wuchert wie ein Krebs.

Das graue Haus, das keiner von uns je betreten hat, schiebt die Wände gegen ihn, und er steht mit offenem Mund und ausgestreckten Armen in seinem Wohnzimmer, bereit zu einer Explosion, deren Trümmer über uns abregnen werden.

Wenn möglich, nehme ich mir für ihn Zeit, möchte helfen, dass die Stauungen abfließen.

Was Gudrun und auch mich irritieren kann, ist die Ungeniertheit, mit der er sich unseren Alltag erschließt. Von Beginn an fragte er nach Manuel. Er gratulierte zum ersten Geburtstag und vergaß das Datum auch nicht in den Folgejahren. Es wurde unbehaglich, als Manuel seiner Meinung nach nicht rasch genug laufen lernte. Wir mussten uns Geschichten aus dem Tierreich anhören, die, unterlegt von seinem meckernden Lachen, davon handelten, dass Pferde, Kühe oder Schafe gleich nach der Geburt auf eigenen Beinen stehen. Wenn wir im Sommer das Planschbecken aufstellen, weist er darauf hin, dass Kinder auch in Pfützen ertrinken können. Er wollte das nur gesagt haben.

Gudrun ist diese Besorgtheit ein Gräuel. »Der kennt die Welt aus dem Fernsehen und will uns belehren.«

Gäste wie mein Kollege Manfred hören solche Geschichten gern und glauben vor Rohdes Keller warnen zu müssen. Der Kannibale des Berliner Speckgürtels vergrübe dort seine Opfer.

Ich teile diese Auffassung nicht. Auch wenn Rohde Angst macht, versuche ich den normalen Menschen in ihm zu sehen.

In diesem Sommer treiben ihn Müllprobleme um. Nachts, wenn die Plastiksäcke vorn am Zaun stehen, machen sich oft Tiere aus dem nahen Wald daran zu schaffen, reißen die Tüten auf und verteilen den Unrat auf der Straße. Rohde hat uns deshalb gebeten, die Säcke erst am Morgen nach draußen zu stellen.

»Man könnte sie hinter der Garage lagern. Lassen Sie das Tor einen Spalt offen. Ich gebe den Müllmännern Bescheid.«

Aber unser Leben weist nicht mit einem orangefarbenen Pfeil auf den Donnerstagmorgen. Wir haben den Vorschlag schlicht vergessen. Eines Abends bin ich umso erstaunter, als ich unseren Müll am empfohlenen Platz finde.

»Ich war es nicht«, beteuert Gudrun.

Also hat Rohde den Toröffner betätigt, die Abfalltüten geschultert und in der Tiefe unseres Grundstücks in Sicherheit gebracht. Über Aktionen wie diese würde ich mich gern mit ihm unterhalten.

Aber unsere Gespräche verlaufen anders. Sein Autismus überwältigt mich zuverlässig, sodass ich schließlich nur zuhöre. Dieser Alte ist mein dunkler Spiegel.

Nur ein einziges Mal wurde ich in sein Reich gelassen. Er hatte eine Kiefer gefällt, die dicht am Zaun in die Höhe geschossen war, und sich bei der Gelegenheit auch mehrerer Birken entledigt.

Ich verstand nicht, weshalb mir Baumstümpfe und das veränderte Licht auf seiner Terrasse vorgeführt werden mussten, betonte aber, wie erleichtert wir wären, dass die ihm verhassten Kiefernnadeln nicht länger auf unser Garagendach regneten. Das Wort »widerlich« verwendete er geradezu inbrünstig. Während wir durch seinen Garten liefen, nannte er eine große Kiefer »Mutter« und die kleine daneben »ihr Kind«. Mich erinnerte das an Zeiten, die mich in Wälder verschlagen und Bäumen näher gebracht hatten. Bevor der Gedanke reifen konnte, führte er mich vor das Endresultat seiner Ausmerzung.

»Mein Holzstapel«, erklärte er. Es fehlte nicht viel und er hätte: »Darf ich vorstellen« gesagt.

»Haben Sie so etwas schon einmal gesehen?«

Im ersten Moment kam es mir vor, als wäre die psychopathische Vision Wirklichkeit geworden. Ich erblickte eine Schuppenwand voller Holz, jedoch Holz, das dieser Mann zu einem Mosaik seiner Traurigkeit gestaltet hatte.

»Daran haben Sie lange gearbeitet?!«

»Kann man sagen. Schauen Sie, die Schlange in der Mitte ist aus Birkenholz. Sie frisst sich durch ein Schwein aus Kiefer. Und hinter dem Schwein tanzt ein Bär.«

Die Schlange erkannte ich. Das Schwein und den Bären nicht. Mich erschreckte die Pedanterie, mit der Hunderte Holzstücke zugeschnitten und der Größe,

Farbe und Maserung nach in das Bild eingefügt worden waren.

Ich versuchte, die Hand auf meiner Schulter abzuschütteln, und gratulierte.

Der Schöpfer des genialischen Holzstapels ist wach oder vor dem Fernseher eingeschlafen.

Ich lehne am Zaun und male mir den anbrechenden Tag aus.

Rohde helfen seine Holzarbeiten. Ich stelle ihn mir als enthemmten Baumfäller vor. Vorbei an allen Auflagen des Umweltamtes zerhackt und zersägt er den Schmerz über die verlorene Mutter. Birkenschlange frisst Kiefernschwein, denke ich und sehe in den Nachthimmel. Die Milchstraße scheint zum Greifen nah.

Nelli, eine alte Frau aus der Gegend, in die ich morgen fahre, erklärte mir die Leuchtspur als Trampelpfad der Toten. Für jeden Lebenden würde jemand dort oben wandern und so lange sichtbar bleiben, wie man an ihn denkt.

Ich suche eine Weile.

Bis mein Freund Viktor sagt:

Du lebst mein Leben, Stefan. Meine Frau. Mein Sohn. Mein Haus. Meine abgelehnte Vergangenheit. Ich würde es heute anders machen. Ich würde springen wie ein Grashüpfer und das Elend hinter mir lassen. Aber es ist, wie es ist. Den Gleichmut von dreizehn Milliarden Jahren erlangen wir erst postum. Lieber Freund, ich bin nicht nachtragend und möchte dich nicht stören.

Aber meine Halskrause drückt.

IV

22 h vor dem Schuss
Ingo Kern schwimmt mit einem Tschekisten

Ich pfeife *Vorwärts und nicht vergessen!* und schrubbe mir am Waschbecken die Hände. »Wo hast du den Seifensack her?«

»Vom Discounter«, brummt Chruschtschow.

Im Netz zappeln weiße und grüne Seifenfischchen.

»Die kommen noch drauf, dass der Osten nicht schlecht war.«

»Zeit wird's.«

Chruschtschow hockt im Korridor auf dem Boden und fettet seine Lederstiefel. Mich erwischt ein Vergangenheitsgefühl. Frisch gewaschen und eindeutig positiv.

»Lass uns ne Runde drehen.«

Mit Flinte und Jägerhut sieht Chruschtschow seinem Spitznamensgeber noch ähnlicher. Wir gehen über die Terrasse. Im Teich zetern Blesshühner. Unter dem Vordach, ein Meter über unseren Köpfen, sitzt eine Schwalbe in ihrem Nest, das aber längst ohne Eier ist.

»Da steigst du nicht hinter«, sagt Chruschtschow und schreitet voran. Ich schätze ihn. Schätzte ihn von Anfang an. Ein promovierter Staatsrechtler mit dem Benehmen eines Heizers, das gibt's nicht noch mal. Seit fünfzehn Jahren jagen wir zusammen.

»Ruhestand ist Scheiße«, ächzt er, startet den Motor und setzt zurück.

»Pass auf. Die Laterne!«, kann ich noch brüllen. Da kracht es schon.

»Sag ich doch.«

»Was?«

»Na, Scheiße!«

Wir steigen aus und begutachten die Delle. Auch die Heckklappe hat was abbekommen. Bei Geländewagen wie diesem kostet das mindestens tausend Euro. Wenn er den Spezi im Dorf bemüht, vielleicht die Hälfte. Er kratzt sich am Kopf.

Dann schaukeln wir über den abgeernteten Acker hinter dem Grundstück.

Chruschtschow murrt eine Weile, ärgert sich über die Ungeschicklichkeit, die er seinem »Rentnersein« zuschiebt, aber bald siegt die Landschaft. Sanfte Hügel und Weite. Über uns kreisen zwei Seeadler. In einer Senke stehen Kraniche. Es scheint sie nicht zu stören, dass wir vorbeifahren. Chruschtschow weist darauf hin, wie selten und scheu diese Vögel früher gewesen sind. Am See, wo das Gelände steil ansteigt, drehen die Räder durch, wühlen sich heulend durch den lehmigen Boden. Wir halten direkt vor dem Steg.

»Ist eine ziemliche Belastung«, sagt Chruschtschow, und ich weiß, dass er nicht den Wagen, sondern die zerdrückten Furchen des Feldes meint.

Ich grinse in den Himmel, der sich im Wasser spiegelt, und atme tief durch. Chruschtschow zeigt ins Schilf:

»Da hat der Nachbar gestern einen gigantischen Hecht rausgeholt.«

Wir lassen Papiere, Waffen, den ganzen Kram im Auto und schwimmen mit gleichmäßigen Zügen zum anderen Ufer und wieder zurück, zwei nackte Männer, von Haubentauchern und Enten beäugt.

Chruschtschow ist Heimat. Ein dickes, neben mir schnaufendes Stück Heimat. Es gab eine Zeit, da dachte er schnell. Stasi hin oder her, der Kerl ist brillant, entschied der Bereichsleiter Anfang der Neunziger, als die internen Anhörungen begannen. Sie nahmen ihn aus der Schusslinie und schickten ihn in die Zentrale. Jahre später kehrte Chruschtschow mit Westschliff zurück. Die Modernisierung des Streckennetzes wäre ohne ihn anders gelaufen.

Umso mehr schmerzt sein Nachlassen. Es sind nicht nur Lackschäden, auf Hochsitzen vergessene Kissen oder im Gras eingebüßte Gläser. Er schlingert durch die Tage wie irgendein Väterchen. Ich möchte ihm nicht wehtun und steige mit unbewegter Miene in seinen Wagen, aber ich muss bereit sein, ins Lenkrad zu greifen. Angeblich ist mit seiner Brille alles in Ordnung. Wenn er mit der Waffe hantiert, achte ich auf die Mündung. Neulich wollte er einem Bock nachsetzen und verlor dabei seine Büchse. Als er die Leiter des Ansitzes hinunterstieg, rutschte ihm die Sauer von der Schulter und landete mit dem Lauf voran im Matsch. Das Reinigen der Züge dauerte ewig.

Wir schwimmen nebeneinander. Wie so häufig erzählt er von seinem Sohn, einem Unternehmensberater, der Marathon läuft, dafür nach Boston, Sydney und sonst wohin reist, und jetzt mit Triathlon anfängt. »Von der Jagd will er nichts wissen.«

Chruschtschow riecht nach Schweiß und Nikotin wie die alten Männer meiner Kindheit. Ich schwimme in seinen Ausdünstungen wie in einer Blase. Der Geruch wabert über dem Wasser. Riecht man so, wenn es zu Ende geht?

Da ist noch etwas, was uns verbindet. Vor einem Jahr, während seines letzten Seminars in Mainz, passierte die Sache mit Karoline.

Chruschtschow ist seit vierzig Jahren verheiratet. Er kennt Solveig seit unserer Hochzeit. Dennoch erkundigt er sich jedes Mal freundlich nach dem Stand meiner Affäre mit »diesem Mäuschen aus der Koordinierung«.

»Ich werde ausziehen«, sage ich.

Er taucht den Kopf einen Schwimmzug lang unter Wasser und grunzt: »Du musst wissen, was du tust.«

Vielleicht sind es solche Unterhaltungen, die vom Osten übrig bleiben werden. Die Angewohnheit, dass sich Söhne ihre Väter selbst suchen und dass die Altvorderen, auf die ihre Wahl schließlich fällt, den Austausch ernst nehmen. Chruschtschows Autorität wird zu meiner, denke ich in der Mitte des Sees. Vielleicht liege ich falsch und kann, umnebelt von seinem Mief, keinen klaren Gedanken mehr fassen. Aber ich bin sicher, dass dieser Tschekist für niemanden mehr gefährlich ist außer für sich, sorgloses Wild und mich.

Wir steigen aus dem Wasser, trocken uns ab und trennen uns. Chruschtschow will in den Weizenschlag. Ich bleibe auf dem Hochstand am See.

Es passiert wenig. Unter der Bank habe ich eine von Chruschtschows Brillen gefunden. Wie oft habe ich ihm geraten, er soll die Bügel mit einem Band versehen und sich um den Hals hängen. Aber er hat Angst, irgendwo hängen zu bleiben. »Es hat keinen Zweck mehr, teure Brillen zu kaufen«, sagt er. Er verstreut sie in der Gegend, oder die Gläser fallen heraus, wenn er das Gestell die Nase heraufschiebt.

Im Ufergras äst eine Ricke. Seit einigen Minuten liegt sie. Nur ihr Kopf ist zu sehen. Sie wackelt mit den Lauschern, darf nicht geschossen werden. Im Gebüsch gegenüber ist vor Kurzem ein Waschbär verschwunden. So schnell bekam ich die Flinte nicht hoch. Will er zurück ins Schilf?

Bis zu diesem Abend in Mainz war mir Karoline nicht aufgefallen. Chruschtschow hatte zum Essen eingeladen. Wir kamen spät zurück ins Hotel. Da saß sie mit ihrer Freundin aus der Lohnbuchhaltung und einem der Seminarleiter beim Wein. Es prickelte von Anfang an. Den Seminarleiter mochte ich nicht. Aber die drei strahlenden Gesichter, ihr Behagen wirkten wie ein Sog. Chruschtschow sah mich an, und wir einigten uns auf einen Versuch.

Mir ist klar, dass ich keiner bin, dem die Frauen zufliegen. Ich sehe aus wie ein hagerer Streuselkuchen. Wenn ich Anzüge trage und mich darin zu lange im Spiegel betrachte, muss ich lachen. Erinnerungen an Abschlussbälle und Jugendweihe, scheuernde Kragen, enger genähte Hosen, von zu viel Wein ausgelöste Übelkeit in Tordurchfahrten – mein Körper hat sich kaum verändert. Dazu gelte ich als kühl. Am Tag unserer Trauung hat Solveig während einer ihrer Anfälle von Panik behauptet, mit mir im Raum wäre es wie mit einem Hund. »Die Erotik stirbt.« Das waren ihre Worte. Ich erinnere mich daran, weil sie sich danach sehr erotisch entschuldigt hat.

Umso mehr wunderten mich Karolines Signale. Natürlich wusste sie um meine Position. Aber lächelte sie, gab Feuer und schob mir den benötigten Stift nur hin, um die Karriere zu befördern? Ich entsinne mich eines ihrer Blicke. Den fing ich auf, als ich nach kurzer Pause wieder zu ihr hinsah. Es schien, als hätte sie meine Augen beobachtet. Ja, meine Augen. Graue Nadelspitzen, eher zum Stechen geeignet, als Dreißigjährige ins Schwärmen zu bringen. Aber so war es.

Ich will nicht behaupten, dass die Spannung zwischen uns bereits Liebe war. Aber hatte ich je eine schönere Frau gesehen? Hochgesteckte Haare. Weiße Zähne. Durchscheinend dünne, lange Finger. Wir hatten kaum ein paar Worte gewechselt. Ihre Freundin erging sich im Klatsch über Kollegen. Chruschtschow plante die Zeit nach seiner Pensionierung. Der Seminarleiter hatte sich verabschiedet. Mir fiel einer von Karolines großen Zehen auf. Der Nagel war schief und verschrumpelt. Sie bemerkte es und zog ihren Fuß zurück. Wie taktvoll das beide Seiten hinbekamen, ist schwer auszudrücken. Das waren Vorgeplänkel. Als wir zu reden begannen, hätten sie nichts wert sein können.

Chruschtschow und ich waren beim Thema Jagd angekommen.

Sie zuckte zurück.

»So sind Sie doch gar nicht.«

»Wie?«

Sie wand sich.

»Na ja, unsensibel.«

»Jäger, glauben Sie, sind unsensibel?«

»Was soll ich sagen? Ich bin erstaunt.«

»Darüber, dass Tiere getötet werden?«

»Es erschreckt mich, ja.«

»Wie sehen solche Menschen denn Ihrer Meinung nach aus?«

»Keine Ahnung. Blutrünstig?«

Sie lachte, und weil sie es wirklich wissen wollte, versuchte ich, es ihr zu erklären:

Ich sitze also auf einem Hochstand, den ich mir ausgesucht habe, weil ich da lange nicht oder auch noch nie war oder weil ich sicher bin, dass die Sauen im Dickicht gegenüber stecken, oder weil ich dort den Hirsch meines Lebens geschossen habe oder einfach auch weil dieser Stand ein Dach hat oder auch keins oder nagelneu ist und ich ihn unbedingt ausprobieren möchte, weil er von jemandem gebaut wurde, den ich kenne, oder, viel wichtiger, weil der Wind günstig steht und von vorn kommt, aus der Richtung, in die ich anlegen möchte, oder, nicht zu unterschätzen, wegen des herrlichen Blicks auf die Waldkante und die ausgetrocknete Senke, in der, das habe ich in der Nase, heute etwas passieren wird. Dorthin fahre ich vor der Dämmerung, parke den Wagen unter dem Hochstand oder auch etwas entfernt. Den Hund, falls ich einen dabeihabe, der gut abgerichtet ist, lege ich neben der Leiter ab. Dort wird er liegen bleiben und schlafen oder dösen oder alles beobachten, bis es vorbei ist und ich ihn abhole. Dann klettere ich hoch, mit aller Ausrüstung. Waffe und Glas vor allem, vielleicht noch ein Kissen. Unter Umständen bevorzuge ich eine Armstütze, ein selbst gebautes Stück Holz, das ich über die Ränder lege, um mich mit dem eingeklemmten Schaft darauf stützen zu können und eine ruhige Hand zu haben. Ich bin nun still, vermeide jedes Klappern, jedes Anstoßen, das Handy ist abgeschaltet und nur bei denen, die zu bedauernd sind, auf stumm gestellt. Ich habe mich eingerichtet, sitze bequem, friere oder schwitze oder auch nicht, ärgere mich über Mücken, genieße das Alleinsein, die wechselnden Perspektiven, kleinere Anspannungen zwischendurch, wenn ich etwas ins Glas bekomme, das geeignet wäre, aber zu weit entfernt ist. Ich begutachte, wie der Weizen in diesem Jahr steht, dass der Mais stark, der Raps bereits abgeerntet ist. Weiter hinten erkenne ich ein Luzernenfeld, in dem die Hasen sitzen müssen, und auf der Hügelkante landet ein Seeadlerpaar. Was für Kaventsmänner, staune ich, da steigen die beiden wieder auf. Warum so eilig, wundere ich mich und wedele dabei einen Grashüpfer vom Ärmel.

So vergeht eine Stunde. Oder zwei oder drei. Vielleicht werde ich müde, lese zum wiederholten Male die eingeritzte Aufschrift am Einstieg: Gebaut von Peter. Aus irgendeinem Grund nehme ich an, dass heute mein Tag ist oder auch nicht. Ich bleibe. Über mir streichen Graugänse vorbei, deren Rufe: »ga ga ga« in mir nachhallen. Ich muss daran denken, wie schlau diese Vögel sind, wie ausgefuchst sie ihre Rastplätze erkunden, indem ein Kundschafter vorgeschickt wird, der keineswegs verschreckt werden darf. Ich spitze die Ohren. Mit jeder Faser gehöre ich dieser Landschaft, die nicht so menschenleer ist, wie es scheint. Ich höre einen Traktor, eine Kreissäge, Hundegebell. Das dünne Saugen eines Flugzeugs am schon blassvioletten Himmel verbindet mich mit der Welt, der ich entkommen wollte –

da tritt hundertfünfzig Meter entfernt ein Bock aus dem Unterholz.

Es ist gerade Schonzeit für die Ricken, und weil er

vom seit Wochen währenden Drang, sich fortzupflanzen, das Fressen vernachlässigt hat, ist er ausgehungert und so schmal, dass ich erst nicht sicher bin, ob ich tatsächlich ein männliches Tier vor mir habe. Ich prüfe es mit dem Glas. In Ordnung, es ist ein Sechsender. Ich bin aufgeregt oder ruhig, entsichere behutsam, lege an, aber noch steht er nicht breit, nicht im Profil. Er geht einige Meter vor, bis an den Rand des ausgetrockneten Wasserloches, und dort bleibt er, direkt vor mir, wie angewurzelt stehen. Vibrierende Sekunden. Ich frage mich, ob er den Entsicherungsklick gehört haben könnte, als er plötzlich dreht und abspringen will und deshalb für einen Moment richtig steht, wie gemalt.

Da drücke ich ab.

»Das könnte ich nicht!«, fiel mir Karoline ins Wort.

»Was meinen Sie?«

»Na, abdrücken! Verstehen Sie mich nicht falsch. Auf Scheiben habe ich schon geschossen, und es hat Spaß gemacht.«

»Das ist doch ein Anfang.«

»Leider nicht. Um es zu Ende zu bringen, muss man wohl ein Mann sein.«

»Frauen gehen auch auf die Pirsch.«

»Aber ich nicht. Mich würde es krank machen. Als kleines Mädchen war ich mit meinem Vater angeln und habe mit den Fischen im Eimer gespielt, bevor er sie ausnahm. Aber Rehe und Hirsche? Mit ihren großen Augen und all dem Blut? Das ist doch furchtbar.«

»Soll ich aufhören?«

»Nein, Sie erzählen gut. Machen Sie weiter!«

Der Schuss knallt trocken und ist zugleich extrem laut. Zu behaupten, dass ich nach all den Jahren darüber erschrecke, wäre übertrieben, aber noch immer ist es das Geräusch eines besonderen Moments. Vielleicht habe ich in der Anspannung des Zögerns den Schaft nicht fest genug eingeklemmt. Beim Rückstoß springt das polierte Holz mir deshalb ins Gesicht, und die Haut unter dem Auge platzt auf. Ich ärgere mich, krame ein Taschentuch hervor und presse es auf die Wunde.

Auf verschlungenen Wegen kehrt, was dem Bock passiert ist, vor mein Auge zurück. Ich sehe, wie er sich auf die Hinterläufe stellt, wie er fliehen will und mit den Vorderläufen durch die Luft rudert, bevor er abknickt und fällt.

Tot ..., denke ich. In der Stille streiten in mir zwei Empfindungen. Einerseits Freude. Ich bringe frisches, sauberes Fleisch nach Hause. Die Reh-Medaillons meiner Frau sind ein Gedicht. In anderen Regionen geht es komplizierter zu. Sosehr ich die Jägerei schätze: Der Schuss und seine Gewissheit sind etwas, dem ich nicht ohne Schauder beiwohne.

Ich tupfe mir das Gesicht und räume langsam zusammen.

Karolines Finger berührte meinen Unterarm.

»Wie Sie das betonen: sauberes Fleisch.«

»Wie denn?«

»Als würden Sie es schön finden. Als wäre es ...«

»Ein Kunstwerk?«

»Ja, etwas in der Art.«

»Und das finden Sie absurd?«

»Eigentlich schon.«

»Aber haben Sie sich frische Leber schon einmal angesehen?«

»Nur Schweineleber.«

»Schweineleber hat dieselbe feine Oberfläche.«

»Und das lädt Sie zum Streicheln ein, oder was?«

»Um ehrlich zu sein, ja.«

»Sie sind verrückt.«

»Nein, bin ich nicht.«

Mein Hund war die ganze Zeit still. Dass er mich am Ende der Leiter mit wedelnder Rute begrüßt, stimmt mich seltsam missmutig. Ich nehme ihn mit zum Auto, setze ihn auf die Rückbank, hole die Wanne aus dem Kofferraum und laufe quer über das Feld.

Die Annäherung dauert wenige Minuten. Wenn man so will, begebe ich mich an den Tatort. Die Wanne schleife ich hinter mir her. Ich habe noch den Knall im Ohr und bemerke erneut einen Adler, der erst abdreht, als ich die Stelle erreiche.

Ich drehe den Bock und vergewissere mich, dass ich ins Herz getroffen habe. Er ist mager, letztlich aber akzeptabel. Ich rechtfertige den Abschuss mit dem Gedanken, dass jeder andere Jäger genauso gehandelt hätte. Wenn ich seinen Körper bewege, blubbert aus dem Ausschuss Blut. Ich öffne das Maul, und weil mir danach ist, greife ich in die nahe stehende Tanne, knicke einen Zweig ab und schiebe ihm das Grün als letzten Bissen zwischen die Zähne. Ich sehe in die von einem Milchschleier getrübten schwarzen Augen, und das über den Boden und die Weizenähren gespritzte Blut sehe ich auch.

Ich bin einer von denen, die Wild möglichst vor Ort aufbrechen, um die Sauerei vor der Hütte zu umgehen und weil die ins Feld geworfenen Innereien am nächsten Morgen garantiert weg sein werden. Ich lege mir den Bock zurecht, spreize seine Hinterläufe und breche ihn auf. Dafür setze ich das Messer unterhalb des Maules an, ziehe möglichst durch bis zum Brustkorb, löse vorsichtig die Luftröhre vom Schlund und binde in den dünnen Schlauch einen Knoten, damit sich der Magen nicht entleert. So arbeite ich mich voran. Vor allem achte ich darauf, dass ich die Eingeweide nicht verletze. Ich trenne das Zwerchfall ab und erreiche das Weidloch. Dort muss ich sägen, entferne Brunstkugeln, Brunstrute und den Rest. Anschließend öffne ich die Bauchdecke und entnehme das durchschossene Herz, Leber, Lunge und Nieren. Am Ende hebe ich den Bock an den Vorderläufen hoch, lasse das Blut aus der Bauchhöhle fließen und lege ihn in die Wanne.

Ich stehe im Weizenschlag, in einer ausgetrockneten Senke, habe klebrige Hände und lausche inneren Stimmen.

»Was für Stimmen?«, fragte Karoline.

Wir waren längst allein im Foyer und gingen danach aufs Zimmer. Ein Jäger und seine Elevin.

Das Handy vibriert und blinkt. Es ist Solveig.

»Hallo, Ingo, ich wollte nur daran erinnern, dass wir morgen Abend verabredet sind.«

»Verabredet? Solveig, ich werde meine Sachen holen und den Schlüssel auf dem Küchentisch lassen. Entschuldige, dass ich mich wiederhole, aber es wäre besser, wenn du nicht da wärst.«

»*Besser*, sagst du.«

»So haben wir es doch besprochen.«

Sie hört nicht zu. Sie fängt an, von den Kindern zu erzählen. Dass sie oft weinen würden. Da beginnen die Verdrehungen schon. Die Kinder sind vierzehn und sechzehn Jahre alt. Sara weint höchstens, wenn ihre Frisur nicht sitzt, und Gunnar, der kann seiner Mutter nichts vorweinen, weil er im Internat ist.

»Dann weint eben nur Sara«, räumt sie ein. Unsere Tochter schlösse sich in ihrem Zimmer ein, würde die Musik laut drehen und heulen.

»Wie kannst du sie hören, wenn die Anlage dröhnt?«

Ich lasse mich hineinziehen. Der Gedanke, dass das bald aufhört, gibt mir Kraft für ein hoffnungsloses Telefonat.

»Natürlich kann ich Sara auch durch die geschlossene Tür hören!«, erklärt Solveig mit brüchiger Stimme.

»Ja«, sage ich und lege auf.

Der Wind wird stärker. Er biegt das Gras und fährt durch die Bäume.

Ich sehe auf meine Schuhe. Der linke hat einen Riss in der Sohle und platzt von der Innenseite her auf. Viele halten mich für einen Perfektionisten. Wenn ich solche Schuhe trage, müssen sie irren. Ich betaste die Bruchstelle. Die Bürde des Rollenspiels – hier draußen gibt es das nicht. Ich flüstere es dem Wind, dem Gras, dem knackenden Unterholz. Ich schleudere es denen entgegen, die nicht zuhören können und nicht zuhören wollen.

Manchmal, unmittelbar nach der Jagd, quält mich Unruhe. Ich sitze auf einem Parkplatz im Auto, und eine Frau geht vorbei. Sie kann mich nicht sehen, weil die Scheiben getönt sind, aber sie würde mich auch sonst nicht bemerken, so sehr ist sie auf sich konzentriert, ihr Stöckeln über steinigen Grund. Ihr Profil wippt und bringt mich in Stimmung. Auf einer Bühne, vor johlendem Publikum stände ich da wie ein Depp, den Schwanz in der Hand. Aber ich bin allein, allein mit meinen Trieben und muss eine Entscheidung treffen.

Nur so kann ich Karoline und mich erklären.

Ein Schuss. In Wellen rollt das Echo über die Landschaft. Damit kann ich einpacken. Zumal der Wind gedreht hat und nun direkt auf den Wald drückt. Bleibt noch der Waschbär. Hinten spazieren zwei Gestalten übers Feld, das könnte das Tier bewegen, wieder zurückzulaufen.

Ich halte die Waffe im Anschlag. Erneut bricht ein Schuss. Kurz darauf noch einer.

Das Geballere kann nur von Chruschtschow herrühren.

Ich fluche, und zugleich stimmt mich der Gedanke an den Freund milde. Vor zwei Jahren habe ich ihm zum siebzigsten Geburtstag ein kleines Gestell gebaut, mit dem er im Feld ansitzen kann. Ein Fahrradsattel auf tarnfarbenen Stützen. Das Ganze sah aus wie ein Ergometer für Waldmenschen. Chruschtschow war gerührt. Aber gleich beim ersten Einsatz fiel er damit um – leichter Schlaganfall. Zum Glück konnte er noch telefonieren. Auch die letzte Hubertusmesse kommt mir in den Sinn. Chruschtschow stand vor der Dorfkirche, als sähe er sie zum ersten Mal. Er wollte die Eingangstür an der Seite mit den Scharnieren aufdrücken, und als wir drinnen waren, merkte er nicht, wie ihm das Wachs von den Wandkerzen auf den Mantel tropfte … Ballere nur, alter Knabe.

Schon wieder das Handy. Wegen des morgigen Pensums muss ich das verfluchte Ding anlassen. Ich wühle in der Tasche, und natürlich huscht der Waschbär genau in dem Moment über die Wiese und verschwindet im Schilf.

»Hallo?«

»Georg hier.«

»Georg?«, beinah rutscht mir das Telefon aus der Hand.

»Ja«, sagt mein Bruder. Das folgende Schweigen, in dem er Meister ist, wickelt mich in ein Wohlgefühl.

»Gut, dass du anrufst!«

Wie viele Monate haben wir nicht gesprochen? Dass er sich meldet, werte ich als Friedensangebot. Georg brummt: »Mmm«, was bedeutet, dass ihn nicht das große Verzeihen, sondern Notwendigkeit treibt.

»Was gibt es? Ist etwas mit Mutter?«

Ich zwinge mich zurück in die emotionale Norm.

»Du solltest herkommen.«

Ich höre ihn atmen. Was in ihm vorgeht, weiß ich nicht. Ich muss daran denken, wie wir vor vierzig Jahren mit Fredo, unserem Hund, über die Felder liefen. Georg und ich, sein schmächtiges Ebenbild. Viel geredet haben wir nie, obwohl ich das konnte. Georg zeigte lieber, anstatt zu erklären: wie man dem Hund das Maul aufsperrt, an welcher Stelle des Teiches die fettesten Frösche zu holen sind, wo der Polarstern steht, wohin die Faust treffen muss, damit einer k.o. geht. Solveig nannte Georg mal einen »schweigsamen Waffenträger«. Für die Einsamkeit, die einen verschluckenden Wälder dieser Gegend fehlt ihr der Sinn. Dass mein Bruder vielleicht eher ein Baum ist als ein Mensch, findet sie befremdlich.

Umso unangemessener schien mir Georgs Wutausbruch, als ich ihm von meinen Scheidungsplänen erzählte. »Du verdammter Idiot!«, schimpfte er und warf mich raus.

»Wann soll ich kommen?«, frage ich.

»Sofort«, sagt er, und es bedeutet genau das.

V

13 h vor dem Schuss
Stefan Brenner nähert sich Eggesin

Die Autobahn führt nach Norden. In einer Stunde werde ich eintreffen. Ich habe schlecht geträumt. So ahnungsvoll und ohne Chance zu vergessen, dass ich mich mit aller Kraft ablenken muss.

Zum Frühstück kam Manuel die Treppe herunter. Wenn die Espressomaschine das Gebräu in die Tasse spuckt, möchte er seinem Vater Gesellschaft leisten. Gudrun schlief. Wir löffelten Müsli.

Ich muss oft daran denken, dass ich Manuel als Erster gesehen habe. Mein Blick und nicht der Blick der Hebamme auf dem Körperchen zwischen Gudruns Beinen.

Die Sorge um sein Wohlergehen hat mit den Jahren zugenommen. Während der Fahrten über Land überwältigt mich bisweilen die Vorstellung, dass er früh sterben wird. Wozu sonst seine Reife, diese Verständigkeit? Er ist ein Frühvollendeter, und er wird den Preis dafür zahlen müssen – so fantasiere ich, auf die Straße stierend. Ich will nach Hause und nie wieder weg, um ihn einzuhüllen in einem Uterus des Vaters.

Dabei ist er ein normaler Sechsjähriger. Er rast mit dem Rad, hat Warzen im Nacken und spielt seine Eltern gegeneinander aus. Wenn er mich mit seinen tiefblauen Augen ansieht, möchte ich auf ihrem Grund eine Nachricht hinterlassen. Eine Erkenntnis. Gelungen ist das kaum. Während eines Urlaubs in den Karpaten fiel mir auf, wie wichtig ihm ist, keine Angst zu haben. Hängebrücken, kenternde Kanus, wilde Hunde, nichts ficht ihn an.

»Angst ist nichts Schlechtes«, sage ich. Er runzelt die Stirn. Die Bahnen seines Denkens verheddern sich.

»Wieso?«

»Weil es keinen besseren Gefahrenanzeiger gibt.«

Ich erkläre, dass Polizisten, Feuerwehrleute und Soldaten ohne Ängste verloren wären. Das katapultiert mich in den Himmel seiner neuen Weltanschauung.

»Fürchtest du dich manchmal auch?«

»Und ob.«

Neben der Fahrbahn rotieren Windräder. Sie zerhäckseln das Licht und sprenkeln Schatten auf den Asphalt.

Unterwegssein beschert Verwirrungen. Aussetzer der Orientierung beim Aufwachen im Hotel. Gedankensprünge zurück zu Menschen, an die ich lange nicht gedacht habe. Gestern brach mir in der Zentrale ein Bleistift ab, und die Vorzimmerdame konnte keinen Anspitzer besorgen. Ich habe die Mine mit dem Taschenmesser frei geschnitzt, was mich an meinen Großvater erinnert hat. Erinnerungsgeschenke und Fallen gehören zum Geschäft. Auf Reisen muss ich mich ignorieren.

Eggesin ist etwas anderes. Wenn es ein rotes Tuch für mich gibt, dann dieses Städtchen im Nordosten. Nach einem letzten, gescheiterten Versuch habe ich mir geschworen, nicht wieder hinzufahren. Manche Dinge lassen sich nicht aufarbeiten. Sie liegen in der Biografie wie Findlinge, und es ist klüger, einen Bogen um sie zu schlagen.

Ich halte das Lenkrad fest. Der Kloß im Hals verursacht Übelkeit. Trotz des strahlenden Morgens mit seinen Kornfeldern und Windkraftanlagen möchte ich stoppen und mich in den Staub werfen.

Andere Verkehrsteilnehmer verführt das Panorama zur Raserei. Telefonierend und gestikulierend dreschen sie an mir vorbei. Absurd, dass jemand wie ich den Rausch ablehnt, der für viele den Reiz des Fahrens erst ausmacht. Als Autonarr passe ich nicht in die Zeit. Der seidenweiche Motor, den ich mir mit dreißig nicht leisten konnte, schiebt mich geruhsam voran und brüllt beleidigt auf, wenn ich einen Traktor oder Mähdrescher überhole.

Noch zwanzig Kilometer. Sosehr ich mich wehre, ich muss Klartext denken und mich abschotten (aber abschotten geht nicht) oder die Welle hereinbrechen lassen, ohne zu wissen, wohin sie mich wirft.

Nelli, die alte Garderobiere im *Haus der Armee*, flüstert, was sie immer flüstert: »Keine Angst!« Sie wird längst tot sein. Neunzehnhundertachtundachtzig waren wir ihr zugelaufen wie junge Hunde. Ich erinnere mich an ihren rostbraunen Hut. Eine mit Holzkirschen behängte Kapotte, welche allein Grund genug gewesen wäre, Nelli als Autorität anzuerkennen. Vor allem erinnere ich mich an Legenden, mit denen sie unsere Schwierigkeiten als etwas Althergebrachtes zu erklären versuchte.

»Jungchen, wo heute die Kaserne ist, war Tausende Jahre lang Wald.«

Wenn wir den Kampf gegen Kern nicht bis aufs Blut hätten führen müssen, wir wären in Lachen ausgebrochen über die Kobolde und Burgfräulein, die durch ihre

Geschichten geisterten. Wir hätten ihr nicht zugehört. Wir wären ihr nie begegnet.

Für die aus einem Dorf an der polnischen Grenze stammende »Wahrsagerin von Eggesin« waren Staat und Partei unwichtig. In ihrem Kabuff hinter der Garderobe bekamen wir oft merkwürdige Dinge zu hören:

»Das Sausen und Pfeifen, das ihr dort draußen hört, kommt von dem jungen Schäfer, der einst die Tochter des Schlossbergritters nicht erlösen konnte. Dabei hatte sie ihm am Johannestag alles erklärt. Sie würde am nächsten Tag als Feuer speiende Kröte auf ihn zukriechen, und er sollte sie aufheben und küssen. Er hätte sich sogar ein Tuch vor den Mund halten dürfen. Doch im entscheidenden Moment packte ihn Angst. Er rannte fort, und die verzweifelte Kröte schrie ihm hinterher: ›Nun muss ich weitere Hundert Jahre warten, bis ich wieder auf die Welt kommen kann.‹ Der Mann fand keine Ruhe und erhängte sich bald darauf an einer Weide.«

Manfred ruft an.

»Wo bist du?«

»Bald da. Und selbst?«

»Ich stehe im Ort und tanke. War schon im Hotel.«

»Und wie ist es?«

»Der Duschschlauch war voller Kalk, aber wenigstens gab es Frühstück. Wie lange brauchst du noch?«

»Etwa eine Stunde. Wann legen wir los?«

»Ich habe uns für zehn Uhr angemeldet. Aber es schadet nichts, den Laden vorher unauffällig unter die Lupe zu nehmen.«

»Fahr schon vor. Wir treffen uns um zehn am Salon.«

»Und wie geht's dir?«

»Die Nacht war kurz. Warum fragst du?«

»Du klingst matt. Willst du dich vorher eine halbe Stunde aufs Ohr hauen?«

»Nicht nötig. Ich bringe die Sachen ins Hotel und bin um zehn zur Stelle.«

»Ich meine ja nur. Dein Auftritt gestern beim Alten war nicht von schlechten Eltern.«

»Keine Sorge, ich deichsele das schon.«

Manfred Gram stammt aus Duisburg. Wir sind seit acht Jahren im selben Team. Mein Privatleben kennt er in groben Zügen.

Vorgestern prüften wir zwei Autohäuser am Stadtrand von Köln. Es ging um Beratungsleistungen, ein Thema, bei dem Manfred der Kragen platzen kann. »Schau dir den Verkäufer an. Ein Besucher im Showroom ist für ihn alles Mögliche, nur kein Kunde, der ein Auto kaufen möchte.«

Manfred liebt es, sich als Interessent auszugeben. Er kommt unrasiert, trägt schmuddelige Klamotten, spielt den Depp und präsentiert dem Pächter hinterher verbissen ausgefüllte Bewertungsbögen. Die Leidenschaft, mit der er für die Branche streitet, ist nicht gepaart mit durchgestylter Professionalität. Wenn er in seinem für diesen Zweck als Zweitwagen angeschafften Fiat Uno vor mir her zum Autohaus fährt, denke ich, dass ein Bremslicht nicht funktioniert. Er nennt das »alles Tarnung. Heutzutage weiß niemand mehr, wer in welcher Verpackung steckt.«

Und zwinkert mir zu.

Wieder mal zog er alle Register. Im ersten Laden überließ uns ein Mittzwanziger den neuen Kombi zur Probefahrt. Ohne eine Frage gestellt zu haben (außer der nach Ausweis und Führerschein), ratterte er technische Daten herunter, als wollten wir die Steuerelektronik oder den Frontüberhang testen. Bei der Rückgabe schwiegen wir, was als Kritik am Auto aufgefasst wurde. Der Schlüssel verschwand kommentarlos in der Schublade.

»Was für ein Jammer. Diese Nullen wollen verkaufen und bekommen den Mund nicht auf.«

Vom Versagen der Nachwuchskräfte hat Manfred klare Vorstellungen.

»Es geht los, dass sie dich nie ansehen. Wir wollen sie aber nicht beim Wichsen am PC erwischen, wir wollen ein Auto kaufen.«

Im zweiten Haus lief es besser, nur war der Verkäufer abgezockt wie ein Cowboy. Als wir eintraten, blieb er sitzen und führte uns herablassend (Kaugummi kauend, Hände in den Taschen) den Familienvan vor. Manfred gab mich als seinen kinderreichen Schwager aus und griff zur »Colombo-Methode«.

»Typen wie er glauben, in zehn Minuten mit dir fertig zu sein. Handschlag und raus. Wenn du dich im Türrahmen umdrehst und sie – ach, was mir noch einfällt – mit Fragen löcherst, sollte es ihnen dämmern, dass sie ihren Job nicht gemacht haben!«

Manfred ist vom Menschenrecht auf Mobilität besessen und vielleicht der einzige Grund, warum ich noch dabei bin.

Eggesin 8 km. Ich biege in den nächsten Forstweg und steige aus.

»Wird die arme Seele nicht länger ohne eigene Schuld im Wind ruhelos über die Erde gejagt.«

Das Zitat huscht heran, aber mir fällt nicht ein, woher ich es kenne. Ich pinkele ins Moos und starre in die ächzenden Kiefern, als wolle ich mit ihnen verwachsen. Gegen die heranflutenden Bilder bin ich machtlos.

Irgendwo hier hatte Viktor seine Wunder-Eiche. Ein verkrüppelter dicker Baum mit einem Loch im Stamm. »Da müssen wir durchkriechen und landen im Paradies«, meinte er grinsend, wenn wir darunterlagen. Ist die Klettertour in die Glückseligkeit geglückt?

Ich wünsche es ihm, habe aber Zweifel.

Was Manfred meinen Auftritt beim Alten nennt, gründet auf dieser Ungewissheit.

»Wir bauen auf Ihre Ostkompetenz!«, schleimte der Bereichsleiter. Ich schätze seinen Schnurrbart und die Hilflosigkeit, mit der er einen begrüßt und sofort wieder stehen lässt.

»Das freut mich zu hören. Sie können mir jedes Autohaus in den neuen Bundesländern überlassen, aber bitte nicht Eggesin.«

»Warum nicht?«

Er war konsterniert.

»Herr Brenner, Sie sind Profi. Wo ist das Problem? Geht es ums Honorar?«

»Wohl kaum.«

Wir unterhielten uns während der Pause eines Meetings in der Kölner Hauptgeschäftsstelle, einem vor zwei Jahren errichteten Wolkenkratzer. Auditoren aus ganz Deutschland sahen zu oder ostentativ weg.

»Das ist eher etwas Privates«, versuchte Manfred zu dolmetschen.

»Darauf können wir keine Rücksicht nehmen. Kollege Brenner ist der Einzige, der auf diesem Feld die nötigen Fakten liefern kann. Sollte er diesem Anforderungsprofil nicht länger genügen, müssen wir umdenken. Verstehen Sie mich nicht falsch, aber Eggesin ist das nordöstlichste Fähnchen unserer Marke, da kann ich keinen Praktikanten aus Wanne-Eickel hinschicken. Da benötige ich jemanden mit Fingerspitzengefühl!«

Über das Gitter der Klimaanlage hinweg blickte ich nach draußen. Zwanzig Stockwerke tiefer glitzerte der Rhein. Auf den Uferweiden grasten Schafe. Von hier oben erkannte man nur weiße Flöckchen, die sich um einen großen blauen und zwei kleinere schwarze Punkte gruppierten. Es war seltsam, aber ich hatte das Gefühl, als würde mein Ich dort unten weiden. Ein Lamm trug meinen Namen und wurde wegen seiner Woll- und Fleischkompetenz von Hunden über die Wiese getrieben.

»Herr Brenner, geben Sie sich einen Ruck!«, spornte er mich an.

Ich wollte ihm den Schnurrbart abreißen und mir einen Kaffee holen. Aber ich sagte:

»Meinetwegen. Aber nur im Team mit Kollege Gram.«

Vielleicht gehören Niederlagen zur Architektur von Hochhäusern. Menschengruppen, die sich weit hinaufwagen (Stahl, Glas, Beton, chinesische Kunst, Powerpoint-Präsentationen), entwickeln Demütigungsrituale. Seit einer Ewigkeit arbeite ich in der Firma, bin nie krank, verhalte mich als Prüfer fair, und mein Vorleben interessiert lediglich als Effektivitätsvorteil.

»Verlang nicht zu viel!«, wollte Manfred beschwichtigen.

Hinterher saßen wir auf den Rheinterrassen und ich fragte:

»Weißt du eigentlich, wie unsere Firma an das Kasernengrundstück gekommen ist?«

»Lief das nicht über eine Landesgesellschaft?«

»Nicht ganz. Wir haben das Gelände damals von *Milpro* gekauft, einem lokalen Immobilienunternehmen. 2 Hektar für 1,5 Millionen.«

»Klingt angemessen.«

»Ist es auch. Aber ein Jahr zuvor hatte *Milpro* es vom Land für 300 000 eingesackt.«

»Was willst du damit sagen?«

»Ich will sagen, dass Seilschaften in dieser Gegend eine große Sache sind. Der Geschäftsführer von *Milpro* war mal Richter in Ostberlin, sein Prokurist Stasi-IM. Und ihre Freunde im Finanzministerium sind auch keine ehemaligen Bürgerrechtler.«

»Woher weißt du das?«

»Ich weiß es eben.«

»Und was willst du machen?«

»Nichts natürlich. Das Ganze geht mir nur derart auf den Zeiger. Wer Mumm hat, müsste kündigen.«

»Den hast du nicht«, meinte Manfred.

Träume beschönigen nichts. Ich hocke im Schützenloch und werde erschossen. Zu meinem Erstaunen dringen die Projektile schmerzlos ein. Die Schwärze danach ist unangenehm und taucht den Morgen in schlechte Laune.

In einer anderen Nacht versorge ich im Krieg Familie und Freunde mit Wasser und Lebensmitteln. In den Kampfpausen krieche ich hinaus und bleibe stundenlang weg. Gipfelpunkt ist die mir nach der Rückkehr gestellte Frage, was ich erlebt hätte.

Ich rutsche in den Spalt zwischen zwei Feldbetten und weine.

Eggesin ist der nächste Ort. Über der Straße umarmen sich die Bäume. Im Vorbeifahren kommen mir manche der Riesen wie Wegelagerer vor. Zoll fordernde Bösewichter. Am meisten verwundert mich, dass ich hier überhaupt entlangfahren darf. Das mir noch in den Knochen steckende Wort Sperrgebiet scheint, wenngleich nicht außer Kraft gesetzt, nur mehr ein Schatten seiner selbst zu sein.

Ich treffe nicht selten Menschen, die hier gewesen sind. Den Verbindungsoffizier der Staatssicherheit etwa, der im November 1989 unvermittelt an einem Schalter des Grenzübergangs Bornholmer Straße sitzt und meinen Personalausweis stempelt.

Im Restaurant entdecke ich unter den Gästen jemanden, dem ich nicht wieder begegnen wollte. Ich reagiere nicht. Weder trete ich brüllend an seinen Tisch, noch bezeuge ich meine Verachtung anderweitig. Dieser Mensch ist ein kleines Licht aus der Randzone damaliger Prüfungen. Ein halbes Jahr vor mir einberufen, wollte er mich zwingen, sein Sklave zu werden. Mit Händen und Füßen setzte ich mich zur Wehr. Während ich hinübersehe, fällt mir ein, dass derjenige, bei dem die Unterwerfung später gelang, seinem Herrn während eines nächtlichen Gelages so heftig in den Finger biss, dass der im Spital behandelt werden musste.

Was fängt man mit solchem Wissen an?

Ich spüre, dass auch er mich erkannt hat. Wir vermeiden es, den Blick des anderen zu kreuzen.

Daneben gibt es Unbekannte, die mit mir in der riesigen Eggesiner Kaserne oder in einer anderen Kaserne des Landstrichs gedient haben.

Während Zugfahrten, im Urlaub oder bei einem Weiterbildungsseminar kommt man ins Plaudern. Eine herumliegende Zeitung vermeldet den Abbau des Standortes Eggesin, oder vor dem Abteilfenster warten Soldaten.

Im ICE traf ich einmal einen Schauspieler. Ich kannte das Gesicht aus einer Vorabendserie. Er saß neben mir, den Laptop aufgeklappt, und sah den Film »NVA«.

»Blödsinn!«, schnaufte er und erwies sich als jemand, der diese Armee nicht nur vom Hörensagen kannte.

Auch er war in Eggesin gewesen und bezeichnete dies als die schlimmste Zeit seines Lebens.

Berufsbedingt schien er ein extrovertierter Mensch zu sein. Er sprach mit dröhnender Stimme. Es scherte ihn nicht, dass alle zuhörten. Abgesehen von knappen Ergänzungen kam ich nicht dazu, von mir zu erzählen. Ohne uns zu kennen, beredeten wir so Persönliches wie die deprimierenden Fahrten zurück zum Dienstort oder das Gefühl des Ausgeliefertseins an die Vorgesetzten. Sein Entleerungsenthusiasmus gefiel mir. Er gestand, dass er vor Jahren auf der Durchreise am Kasernentor in Eggesin Erinnerungsfotos machen wollte.

»Mein Herz raste. Alles sah aus wie früher. Als ein Wachschützer drohte, meine Kamera einzuziehen, wenn ich nicht gleich verschwinden würde, habe ich vor Angst fast eingepinkelt.«

Auch Gudrun und ich haben versucht, Eggesin bei einem Besuch niederzuwerfen. Gudrun war im vierten Monat schwanger mit Manuel. Auch wir kamen urlaubsleicht die Autobahn von Norden herunter.

Als wir das Schild passierten, rief Gudrun:

»Wann, wenn nicht jetzt?«

»Was, jetzt?«

»Noch dreihundert Meter. Blinker raus.«

»Sicher?«

»Sonst würde ich es nicht sagen.«

»Wozu?«

»Um drüber wegzukommen.«

»Wie soll das gehen?«

»Denk nicht, fahr ab.«

»Ich kann aber nicht nichts denken.«

»Dann lernst du es.«

An die folgenden Stunden erinnere ich mich als eine Folge von Vorgängen. Als wäre der Ton abgestellt und wir nur Schemen unter Tage oder unter Wasser, sehe ich uns durchs Gelände stapfen. In einem Graben, aus dem heraus einst Handgranaten geworfen wurden, schreit ein Reh. Es ist hineingefallen und hat sich einen Vorderlauf gebrochen. Gudrun will helfen, verschreckt das hinkende Tier aber nur und treibt es durch den Zickzack des Grabens vor sich her.

Ich zeige ihr einen ausgebrannten Panzer. Es ist ein russischer T 34, der als Zielobjekt für Schießübungen dient. Ich klettere hinauf, öffne die Turmluke und lasse die Hosen runter. Dann verrichte ich mein Geschäft. Gudrun greift zum Fotoapparat, und mit dem Übermut werdender Mütter macht sie ein paar Aufnahmen.

Der Tod eines Freundes lässt sich aber nicht ausscheißen. Auch nicht, wenn dessen damalige Freundin einen anfeuert.

Wir betrachten die Aufnahmen später mit eigenartiger Freude. Bei Kaffee und Kuchen zeigen wir sie Manfred, der Tränen lacht, weil er nichts versteht. Selbst wenn diese Fotos auch Gudrun und mich lachend zeigen, lacht in Wahrheit niemand. Die Anordnung ist falsch und bringt nicht weiter.

»Wie kommt man auf so eine verrückte Idee?«, fragt Manfred.

»Was glaubst du, was das dort ist?«, frage ich zurück und weise auf die schwarzbraunen Streifen auf meinem Hintern.

Bevor Manfred »Scheiße« sagen kann, sage ich:

»Das war keine Scheiße. Das waren Rost und Schmiere.«

Gudrun und ich ziehen durch Eggesins Wälder. Ich finde die zwischen Bäumen gespannten Stahlseile wieder, über die wir balanciert sind. Sie hängen schlaff, trotzdem schwinge ich mich hinauf. Stellungslöcher und Drahthindernisse. Die in Tarnfarben gestrichenen Wände des Munitionslagers. Gudrun lässt sich alles erklären. Am Abend erklimmen wir den verlassenen Feuerwachturm, und die Sonne versinkt.

Ich lasse die Beine baumeln. Gudrun streichelt ihren kaum merklich gewölbten Bauch.

Würden wir unter Höhenangst leiden, wäre dies der ideale Moment zu reden. Aber wir sind schwindelfrei und reden irgendwas.

Schließlich steigen wir ins Auto. Mir fällt ein, dass in der Nähe Zirkusleute gewohnt haben. Während die Armee alles ringsum zerpflügte, gelang es einem Clan von Schaustellern, die Stellung zu halten. Ich schlage vor, dorthin zu fahren, und wir schaukeln über die wellige Panzerfahrstrecke.

Kurz vor dem Gehöft taucht im Dämmerlicht ein Reiter vor uns auf. Schwankend sitzt er im Sattel. Ich halte an. Plötzlich zieht er ein Krummschwert und prescht auf uns zu. Gudrun schreit los. Ich wende so schnell ich kann, und dieser Dämon galoppiert hinter uns her, bis wir die Straße erreichen.

Mein Freund Viktor fragt:

Was hast du geglaubt, wer das ist? Dir können die fantastischsten Gestalten nachjagen, und du begreifst nicht, was sie wollen. Wach auf, Stefan. Sonst kann ich nichts für dich tun.

VI

21 h vor dem Schuss: Ingo Kern besucht seine kranke Mutter

Während der Fahrt kommen Dinge zusammen, die nicht zusammengehören. Ich summe Lieder wie *Soldaten sind vorbeimarschiert* und denke dabei an Mutter. Ihre Gutmütigkeit, ihre breiten Hände, die an ihr schlenkern wie Boxhandschuhe, ihre Vitalität, ihre Jesusverrücktheit und ihre Buletten. Die Vorstellung, dass Fleischklopse in Tankstellenbistros mich in Trauer versetzen werden, weil ich ihnen den Mangel an Sorgfalt und Liebe ansehe und es mich an Mutters Fehlen erinnern wird, kommt mir vor wie eine unabwendbare Schwächung. Wenn sie stirbt, wird mich das weich machen wie ihren Bulettenteig. Ich bete, dass es noch nicht so weit ist! Das Gebet rast mit mir nach Neubrandenburg. Am Bahnhof erwischt mich ein Blitzer, was meine Anrufung auf Kinkerlitzchen-Niveau zurückstuft. Keiner muss helfen. Ohne Mutter würde ich wanken, fallen nicht!

Ich sause über den Ring. Das Warten an den Ampeln macht müde.

Vor Georgs Block stinkt es nach Bratöl und Bier. Der vietnamesische Nudelimbiss hat geöffnet und sendet seine Signale vom Wandel der Zeiten in die Nacht. Ich laufe über den Parkplatz. Seit Georg mich rausgeworfen hat, war ich nicht hier. Dass ich sechs Monate lang nichts vermisst oder jedenfalls wenig davon bemerkt habe und mir nun einbilde, ich würde eine untergehende Welt wieder in die Arme schließen dürfen, zeugt von Melodramatik. Hüte dich, Soldat!

Ich nehme die Treppe.

Mutter wohnt im ersten Stock, Georg und Petra in der Wohnung darüber. Mein Bruder öffnet.

»Wie geht es ihr?«

»Komm erst mal rein.«

Ich gebe Petra die Hand und umarme Georg. Egal was war, es tut gut, hier zu sein. Auch wenn ich Solveig und die Kinder verlasse, Familie ist der Urgrund meines Seins. Ich muss mich setzen.

»Willst du etwas trinken?«

»Lass nur.«

Schon höre ich Petra in der Küche die Biere öffnen. Bis sie hereinkommt, sitzen wir stumm in braunen Sesseln.

»Prost«, sagt Georg. Ich kann mich täuschen, aber an der Tür glaubte ich, Alkoholgeruch wahrgenommen zu haben. Er hält ein Schächtelchen mit Pfefferminz in der Hand.

»Prost«, gebe ich zurück. Petra lehnt an der Schrankwand.

»Ich lass euch allein.«

Sie verschwindet, ehe wir sie aufhalten können.

Georg hat zugenommen. Die Haut in seinem Gesicht ist rosig und fleckig, als hätte er Ausschlag oder gerade gebadet. Im Schein der Stehlampe ist das schwer zu erkennen.

»Wollen wir nicht zu Mutter gehen?«

»Das hat keinen Sinn. Sie schläft.«

Er lächelt, scheint auf Touren zu kommen. Ich beharre darauf, Mutter sehen zu wollen. Er erklärt, wie sehr sie abgebaut hätte. Ohne Rundumbetreuung wäre an ein Wohnen allein nicht mehr zu denken.

»Hörst du? – Ihre Badtür quietscht!«

Bier prickelt im Glas, mehr höre ich nicht.

»Ich öle die Scharniere nicht mehr. Dann merke ich, wenn sie herumschleicht.«

»Wollen wir nachschauen?«

»Meinetwegen, aber erschreck dich nicht.«

Wir gehen nach unten. Georg schließt vorsichtig auf. Die Wohnung ist dunkel. Nur das Licht des Treppenhauses fällt bis in Mutters Schlafzimmer. Da liegt sie in ihrem Bett. Der Kopf klein wie bei einem Vogel. Ihr Gesichtchen unter der Schlafhaube – mir krampft sich alles zusammen, weil es spitz ist wie bei einer Toten. Georg und ich stehen am Fußende. Unsere Schatten bewegen sich auf der Wand, und ich komme mir wie bei einem Besuch im Mausoleum vor. Mein Bruder ist die Wache, die weiterscheucht. Sein Schlüssel klappert. Wenn Mutter eben zu hören war, kann sie nicht schon wieder schlafen. Halb lasse ich mich hinausdrängen, halb sperre ich mich und beobachte ihre Augen. Ich bilde mir ein, dass sie einmal auf- und gleich wieder zugeklappt sind.

Zurück auf seinem Sessel kippt Georg ein Mineralwasser. Ich verstehe nicht, weshalb er mich hergebeten hat.

»Letzte Woche ist sie aus dem Fenster gefallen.«

»Wie? Gefallen?«

»Beim Frühstück sah ich nach draußen und entdeckte sie im Gebüsch. Im Nachthemd und barfuß.«

»Oh, Mann.«

»Irgendwie muss sie es geschafft haben, das Fenster zu öffnen. Sie war schon ein paarmal abgehauen, und ich hatte alle Klinken und Verschlüsse abgebaut.«

»Aber das sind bestimmt zwei Meter.«

»Die ist sie runtergerauscht.«

Er schüttelt den Kopf.

»Ihre Vergesslichkeit ist schlimm. Sie hat oft keine Ahnung, wer ich bin. Sie hielt mich schon für den Briefträger. Ich war Onkel Ernst und Großvater. Manchmal versteckt sie sich auch vor mir.«

»Scheiße.«

»Ich war nicht sicher, ob es für dich Sinn macht runterzugehen. Ihr Langzeitgedächtnis funktioniert einigermaßen, aber na ja.«

Er nestelt sich am Kragen.

Wie reagiert man, wenn einen die eigene Mutter nicht erkennt? Falls die Badtür wieder quietscht, will ich es riskieren und noch einmal zu ihr gehen.

»Musst du nicht zum Dienst?«

»Eine halbe Stunde habe ich noch.«

Er grinst komisch und setzt sich steif zurecht. Als wäre ich ein dienstlicher Kontakt. Trotz seiner Statur wirkt er unscheinbar. Das viele Fleisch, die breiten Schultern helfen nicht gegen den verkrümelten Blick. Es versetzt mir einen Stich, meinen Bruder so vorzufinden. Hat er mich wegen Mutter oder aus anderen Gründen hergebeten?

»Wie läuft es im Stellwerk?«

»Das Übliche.«

Ich möchte in seine Rippen boxen. Wasser über ihm ausschütten. Er wirkt wie eine Lokomotive, der das entscheidende Bauteil fehlt. Vielleicht sollte ich »weißt du noch« sagen und ein paar Standards anschieben. Wie er es geschafft hat, nicht entlassen zu werden zum Beispiel. He, müsste ich rufen, bin ich schon wie Mutter? Mir will nicht einfallen, wie du sie ausgetrickst hast. Er könnte sich straffen, sein atemfrisches Döschen aus der Hand legen und das Abenteuer seiner Anhörung zum Besten geben:

Erst riefen alle »Stasi in die Produktion«, und dann wurde auch dort gesäubert, würde er sagen. Die Anhörungskommission war das eine, durch den Hexenkessel musste man. Am Vortag kam der Kollege auf einen zu und teilte mit:

»Wir wissen, dass Sie jahrelang in Mocambique gearbeitet haben, was einen Verdachtsmoment darstellt. Es ist ein Anliegen des Präsidenten, dass wir Sie vorladen, und das machen wir nun. Die entscheidende Frage, die wir Ihnen stellen werden, lautet: Waren Sie bei der Stasi?«

Beim Vorgespräch zu antworten:

»Stimmt nicht, keine Sorge!«, war leicht. Das freute den Vertreter der Kommission.

»Dann wird das eine schnelle Sache werden«, sagte er und rieb sich die Hände.

Schnell ging es zweifelsohne. Man konnte den Auftritt hocherhobenen Hauptes hinter sich bringen. Aber zwei Wochen später wurde man fristlos entlassen, weil sie eindeutige Belege fanden.

Wie eine falsche Auskunft überhaupt zum Rauswurf führen konnte, interessierte niemanden. So war die Stimmung. Dauernd musste damals Hinweisen nachgegangen werden wie diesem: »Der Leiter des Betriebswerks benutzte einen eigenen Parkplatz. Warum hatte der einen Parkplatz und wir nicht? Der kann nur bei der Stasi gewesen sein.«

Auf diese Weise könnte Georg Dampf ablassen und bald auch von sich erzählen. Als er schließlich selbst vor den Kommissionären stand, die im Übrigen keine schlechten Kerle waren, sondern nur ausgesuchte Kollegen mit reiner Weste, sagte er seinen Namen und sein Geburtsjahr. Mehr sagte er nicht.

Am Tag darauf erhielt er seine Entlassungspapiere und klagte dagegen.

Das Verfahren zog sich ein Jahr hin. Die Privatisierung stand bevor, und er spielte auf Zeit. Wenn das Unternehmen nicht mehr zum öffentlichen Dienst gehören würde, konnte er nicht mehr entlassen werden. Das war sein Plan. Einflussreiche Leute hielten ihre Hand über ihn. Da eine Kündigung nur nach einem Gespräch mit dem Personalrat wirksam wurde, erledigte er Botengänge, fuhr den ganzen Tag herum, erst hierhin, dann dorthin.

Und ging nie ans Telefon.

Wenn ich Georg nur verleiten könnte, das zu erzählen!

Triumphierend würde er sich auf die Schenkel klopfen. Er führe mit seinem blauen Lada wieder durch die Nachwendezeit. Auf dem Beifahrersitz und im Kofferraum türmten sich Berge betrieblicher Sendungen. Morgens hätte er konspirative Treffen in Poststellen, empfinge Aufträge von Kollegen, die ihm auf die Schulter klopften. Während der Mittagspausen äße er Kebab in Trucker-Restaurants. Abends beriete er sich mit seinem Anwalt oder studierte Broschüren über Arbeits- und Personalrecht.

Gleichzeitig ist das alles sinnlos.

Georg triumphiert nicht mehr. Er hat diese Schlacht gewonnen, arbeitet wieder im Stellwerk, aber die Luft ist raus aus seinem Leben. Ich erinnere mich an unseren Urlaub vor drei Jahren. Abends saßen wir am Kamin. Frauen und Kinder, gegrillter Fisch, Alkohol und norwegische Wälder. Ich registrierte, dass Sara ihrem Onkel über den Kopf streichelte und fragte: »Warum bist du so traurig?«

Mir fielen seine geschwollenen Beine auf, die Krampfadern, und wie sehr er auflebte beim Hervorkramen alter Geschichten. Der Satz »Ich könnte ein Buch schreiben!« fiel häufig. Im Großen und Ganzen waren das gelungene Ferien. Wir schipperten über den Fjord und beobachteten Wale. Sie jagten Heringe oder schwammen neugierig heran und prusteten ihren Blas in den Morgenhimmel. Meinem Bruder schien es, abgesehen von zu viel Besoffenheit und einigen melancholischen Anwandlungen, gut zu gehen. Er tanzte mit den Kindern um die Glut, bog seine Pranken bei Fingerspielen, schlug mich im Schach. Einmal brach dem Plastikstuhl, auf dem er gestikulierte, ein Bein. Georg krachte zu Boden und kam nicht mehr hoch.

Daran denke ich, während er sich die Jacke überstreift, um ins Stellwerk zu fahren.

»Knöpf dein Hemd zu!«, mahnt Petra und bringt ihn zur Tür.

Als er raus ist, setzt sie sich in seinen Sessel.

»Muttis Zustand nimmt ihn mit, mehr als mich.« Sie greift sich eine F6. Ich lasse mir auch eine geben.

Dann geht es um Kau- und Schluckschwierigkeiten. Mittlerweile müsse Mutters Essen püriert werden, was umständlich sei, aber es gäbe keine Alternative.

Meine Schwägerin inhaliert den Rauch nicht. Sie pafft mit gespitztem Mund, bläst stoßweise zur Seite, um beim Reden keine Zeit zu verlieren. Nicht zum ersten Mal denke ich, dass wir uns ähnlich sehen. Dieselben Sommersprossen, dieselbe anämische Blässe. Sind wir deshalb nie aneinandergeraten?

Wir dulden uns wie ein Neutrum das andere. Bleiben souverän, wenn andere sich ducken.

Ein Markstein in jeder Hinsicht war die Geburt ihres Sohnes, meines Neffen Michael. Der Junge kam so fix auf die Welt, dass Mutter als Hebamme fungieren musste, auch das bekam sie bravourös hin. Dieses Glück, stelle ich mir vor, verbindet die beiden. Wenn Petra erzählt, dass Mutter sie Mama nennt und nur noch Pudding essen will oder sie anbettelt, mit ihr zu Karstadt in die Spielzeugabteilung zu fahren, um im Juli Weihnachtsgeschenke zu kaufen, dann kann ich mir vorstellen, schließt sich für Petra ein Kreis.

»Georg hält das nicht aus. Falls sie ihn erkennt, will sie ihn meistens füttern. Dann weint er.«

Der Redestrom spült mich Mutter näher. Der Gedanke will nicht weichen, dass sie im Zimmer unter uns aufgebahrt liegt und noch atmet.

Petra liefert Fakten, aber ich bin nicht sicher, ob sie wirklich Mutter betreffen. Im Fernsehen ertrüge sie nur noch Filme im Kinderkanal. Dabei würde sie ständig fragen, wohin jene, die gerade nicht zu sehen wären, immer verschwinden würden.

»Ich will zu ihr!«, sage ich, obwohl ich keine quietschende Badtür gehört habe.

»Kein Problem«, sagt Petra.

Sie geht voraus, klappert mit dem Schlüssel wie Georg. Aber Georg war ein gebeugter Schließer. Sie ist die geschäftige, vom Optimismus der Heilung erfüllte Krankenschwester. Fehlt noch, dass ihr Fieberthermometer und Lutschtabletten in der Kittelschürze stecken. Hinter ihr die Treppe hinabsteigend, frage ich mich, wie sich jemand in solche Altmacher hüllen kann. Vor der Wohnungstür denke ich einzig: Mutter.

Petra stürmt voran.

»Mutti, du bist ja wach!«

Meine Schwägerin legt den Lichtschalter um und spricht in diesem brutalen Entmündigungston. Mutter hat die Augen geöffnet und kneift sie geblendet wieder zu. Es sind dunkle Augen, fast schwarz. Als sie sich an die Helligkeit gewöhnt haben, glühen sie in ihrem weißen Gesicht und irren durch den Raum. Offenbar erkennt sie mich nicht.

»Wir haben Besuch. Kannst du sagen, wer das ist?«

Petra beugt sich über das Bett, zieht das Kissen zur Wand und richtet Mutter auf. Dabei zwinkert sie mir zu. Ich halte es keine Sekunde länger aus. Es fällt mir nicht leicht, das zu sagen, und ich bemühe mich, es höflich hinzubekommen:

»Könntest du mich mit ihr allein lassen?«

Petra wirkt erstaunt, verzieht beleidigt den Mund. Aber ich will keine Rücksicht nehmen. Schon bevor sie sich mit der nächsten Zigarette auf Mutters Balkon verdrückt, was mir nicht recht ist, denn ich brauche keine Zuschauer, ist sie vergessen.

Mutter starrt mich an.

Mir fällt nichts Besseres ein, als Petras Faden aufzunehmen.

»Weißt du, wer ich bin?«

Ich stehe am Fußende und sollte näher treten. Sie mustert mich aufmerksam, aber reserviert.

»Ich weiß, wer du bist.«

»Wer bin ich?«

Ich erwarte die Antwort wie einen Richtspruch. Mutters Stimme klingt müde, aber einschmeichelnd und weich wie früher.

»Wer du bist, möchtest du wissen?«

Ein schelmisches Lächeln huscht über ihre Züge.

»Ja, sag es mir.«

»Du bist Ingo, mein Sohn.«

Sie strahlt. Ich nehme ihre Hand.

»Entschuldige, Mutter, dass ich so lange nicht gekommen bin.«

Sie erstarrt, wendet den Kopf und flüstert: »Du hast gesündigt.«

Ich bin nicht sicher, ob sie mit mir spricht. Sie blickt an mir vorbei und stöhnt, bis ich mich umdrehe und das neue Kruzifix an der Wand entdecke.

»Dein Jesus ist größer geworden.«

Es sollte anerkennend klingen. So positiv, fällt mir ein, ist die Veränderung freilich nicht, eher ein Zugeständnis an ihre nachlassenden Augen.

Mutter und der Erlöser haben andere Probleme.

»Er hat gesehen, wie du ihn gequält hast. Warum tust du das? Lass ab vom Bösen und tu Buße.«

»Wen soll ich gequält haben?«

»Fredo natürlich! Meinst du, ich hätte das nicht mitbekommen?«

Sie wirft den Kopf zurück ins Kissen. Ich weiß nicht, ob ich lachen oder weinen soll. Fredo, der Mischlingsrüde unserer Kindheit, hatte in der Tat etwas auszuhalten. Es ist über vierzig Jahre her. Jahre, mit denen vieles verblasst, was das Familienleben einst bestimmte oder als Legende zusammenhielt. Vaters Jahre auf den Großbaustellen des Landes. Seine ständige Abwesenheit, die er während der Heimurlaube durch regelmäßige Ohrfeigen wettzumachen suchte. Ich lernte ihn erst kennen, als er schwer krank im Bett lag und uns dauernd zum Sturm auf Belgorod aufrief.

Mutter war es also, die registrierte, dass Fredo – sobald ich den Raum betrat – nur noch nach mir schnappen wollte. Sie wollte wissen, was ich mit ihm angestellt hätte, ließ sich aber beruhigen.

»Da war nichts, wirklich nicht«, sage ich, und mir schießt dieser Selbstmörder in den Sinn. Viktor Melander hieß der Kerl. Als hätte das etwas mit unserem Hund zu tun.

»Du hast ihn gequält. Ich weiß es.«

Ehe ich antworten kann, klopft meine Schwägerin an die Scheibe. Sie bekommt die Balkontür nicht auf, rüttelt an der Klinke. Ich helfe ihr.

»Manchmal ist sie richtig halsstarrig.«

Ich nicke.

Über die Krankheit hat Petra vieles gelesen.

»Wir haben aufpassen müssen, keine gewischt zu bekommen.«

»Sie hat geschlagen?«

Mutter liegt hinter der Scheibe und ist wieder eingeschlafen. Die dünnen Ärmchen liegen auf der Decke.

»Zeitweilige Aggressionen sind typisch bei Demenz.«

Petra will mich teilhaben lassen an Mutters Charaktererosion.

»Siehst du den Vogelkäfig?«

»Ja.«

»Fällt dir nichts auf?«

Mutters Wellensittich hockt in seinem Bauer. Die Tür steht offen, aber das kann eigentlich nicht gemeint sein. Mutter hatte das Tier gezähmt. Der Vogel fraß ihr aus der Hand, baute Nester in ihrem Haar.

»Die Käfigtür ist auf, aber das ist nichts Besonderes, oder?«

»Dass sie offen steht, vielleicht nicht, aber dass der Vogel sich nicht mehr raustraut, schon.«

»Den Wellensittich wollte sie auch verdreschen?«

»Aber hallo.«

Petra erläutert Putzis Trauma.

Das Bild, wie Mutter ihren Wellensittich vermöbelt, lässt sich nicht wegschieben. Ich sehe einen krächzenden Federball durchs Zimmer stieben und sie mit verzerrtem Gesicht hinterher. Was wollte sie von dem Vogel? Ihn bestrafen? Wofür?

Die an der Wand hängenden Bilder kenne ich. Den farbigen Druck von van Gogh, den von Großvater auf dem Rummel gewonnenen Ölschinken mit weidenden Pferden und die Fotografie von Georg und mir in Uniform.

Fredo habe ich damals das Futter weggenommen, immer wieder. Es hat ihn rasend gemacht. Knurrend verteidigte er seinen Fressnapf, und ich genoss es, wie er durchs ganze Haus hinter mir herjagte.

VII

12 h vor dem Schuss
Stefan Brenner erreicht Eggesin

Das Hotel Waldkapelle ist ein zweistöckiger Plattenbau. Ich gehe durch die Eingangshalle, in der ein Mütterchen staubsaugt, und treffe den Wirt. Er stapelt Getränkekästen und brummt:

»Ich weiß nicht, ob Ihr Zimmer schon fertig ist.«

»Könnten Sie das herausfinden?«

Er entfernt sich, und ich schlendere durch den Korridor. Die Putzfrau schaltet den Staubsauger aus. Es hätte eine freundliche Geste sein können, wären da nicht die Blicke, mit denen sie mich traktiert, während wir auf die Rückkehr ihres Chefs warten.

»Hallo?«

Ich fahre herum, sehe im ersten Moment niemand.

»Hier bin ich!«

Ich entdecke den Wirt hinter einem Tischchen neben der Treppe. Er übergibt mir den Schlüssel. Der Staubsauger wird wieder angestellt.

In meinem Zimmer stelle ich mich hinter die Gardine. Was für eine Gardine! Grabrockgleich hängt sie herab. Madenweiße Aufhängung, denke ich und schiebe die Nasenspitze in eines der umrippten Löcher. Die Schule vor dem Fenster trägt den Namen Ernst Thälmann. Ich habe nichts gegen den Arbeiterführer. Dessen Name ruht friedlich in den Annalen meiner Kindheit. Während ich auf den Schriftzug starre, fällt mir auf, dass ich noch immer alle Vorsitzenden der Kommunistischen Parteien der Staaten des Warschauer Vertrages aus den Achtzigerjahren herbeten kann. Die Shiwkows, Kadars und Ceauşescus sind in mein Hirn gesickert und kleben fest. Unwichtig. Im Grunde ist alles unwichtig.

Mir bleibt keine Zeit, mich Assoziationen hinzugeben. Das Hotelzimmer ist eine Rampe. In fünf Minuten werde ich von ihr verschossen werden und dort draußen aufschlagen. Oder zehn Minuten? Ich feilsche mit mir, weil ich mich selbst zünden werde. Dieses Zimmer ist auch ein Rettungsboot. Genieße es! Genieße die Einsamkeit, bevor du nicht weißt, wo du hinschauen sollst vor Bestürzung und Wut.

Gudrun beneidet mich um meine Hotelaufenthalte. »Lecker Büfett, abends Sauna und Sekt aufs Zimmer.« Ich kann das nicht ausstehen. Irgendein Fotograf macht seit Jahren Aufnahmen von den Hotelzimmern, in denen er übernachtet. Ich hatte die Ausstellung ansehen wollen, hoffte auf Überraschungen, fand aber nur trostlos Bekanntes und gab nach zwei Räumen auf.

Sieben Minuten bis zum Abschuss. Ich konzentriere mich auf die Sprache der Dinge. An der Wand hängt das Aquarell eines Segelbootes. Blautöne dominieren, im Meer springen Fische. Der Himmel singt das Wort Sehnsucht. Wenn man das Bild essen könnte, würde es nach Kunsthonig schmecken. Trug und Süße sind Grundbausteine eines Hotelzimmers. Den Schweißgeruch der Vorbewohner verorte ich diesmal über dem Waschbecken im Bad.

Ich setze mich aufs Bett.

Ich möchte Gudrun bei mir haben, wie ganz am Anfang. Der Gasthof um die Ecke eine Absteige, dünne Türen, dünne Wände. Wer das Laken lüftete, wovor man mich ausdrücklich gewarnt hatte, sah Meere getrockneten Spermas. Aber wir rafften uns auf. Ließen uns anregen. Vom Luftzug im Raum. Von der atemberaubenden Schäbigkeit.

Ich komme nicht los vom Katastrophendenken. Im Hotel kontrolliere ich Fluchtwege, öffne Brandschutztüren, sehe aus dem Fenster und wäge ab, ob man springen kann. Während einer Dienstreise übernachtete ich in einer Bettenhochburg in Taipeh, in einem Stockwerk weit oben. Nachts flog ich aus dem Bett. Wieder auf die Beine gekommen, schüttelte ich mich, aber das Schütteln hörte nicht auf. Ich sah aus dem Fenster und die Welle heranrollen. Straßen, Hochhäuser und Brücken hoben sich wie ein Teppich, den ein misslauniger Gott schüttelte. Mir blieb nichts zu tun. Der Schlag schleuderte mich durch die aufgesprengte Tür bis in den Flur. Leute schrien. Die Notbeleuchtung flackerte und erlosch. Das Gebäude blieb stehen. Mit ein paar anderen rettete ich mich im Schlafanzug unter den halb herabhängenden Decken des Treppenhauses hindurch auf die Straße.

Was mich von Gudrun unterscheidet, ist das Konzept. Ich habe keins. Ich habe mich überrollen lassen wie in der Grundausbildung. Der Panzer fuhr weiter. Einundvierzig Tonnen Stahl haben mich nicht zerquetscht. Der Schatten warf mit Dreck und ist verschwunden. Doch ich hocke weiter im Loch, halte die Handgranate im Schoß, die ich hätte werfen sollen, und die Detonation wird mich zerreißen.

Gudrun lässt sich von Gegenständen erobern. Sie

dringen in sie ein, so wie ich immer seltener in sie eindringe. Objekte nutzen den Freiraum, komprimieren Gewebe, pressen Muskeln. Ihr Fitnesseifer stößt mich ab. Ich wünsche mir die Weichheit ihrer Oberarme zurück. Wenn ich Fotos von Madonna sehe, muss ich an meine Frau denken. Dass sie ihr Schamhaar rasiert, nehme ich hin.

Als Manuel in den Sandkasten gekackt hatte, rief sie: »Ist doch Natur.« Ich sehe sie das Häufchen zusammenschieben und in die Büsche entsorgen. Als er aber im Wohnzimmer auf den weißen Teppich pinkelte, wurde sie zur Furie. Während der Kleine flennte, überschlug sie Reinigungskosten.

Ich verliere sie an einen Toaster, der natürlich von einer englischen Traditionsfirma sein muss, breit genug für vier Toastscheiben, mit Klappaufsatz, in diesem oder jenem Design. Leistung des Laptops, Lautstärke des Rasenmähers, Farbe des Autos – sie will alles in Vollendung. Das erschreckt mich. Auch wenn es um Autos geht. Zu Hause will ich mit Manuel in der Küche sitzen und das Rätsel seiner gebannten Aufmerksamkeit ergründen, derweil ich Zeitung lese. Ich will dösen und dämmern, im Heimatloch hocken.

»Träger Sack!«, wirft sie mir zu, wenn sie abends ins Studio verschwindet (Gerätetraining, dreimal die Woche, falls ich zu Hause bin).

Es soll zärtlich klingen.

Gudrun packt die Vergangenheit an wie eine Hantel. Sie will mich nicht driften, nicht auf meine Art vergessen lassen. In ihren Augen, das hat sie gesagt, bin ich eine Schnecke, die ihr Vorleben hinter sich herzieht wie eine Schleimspur.

Versuche, mich auf Trab zu bringen, gingen allesamt schief.

»Eine Schriftstellerin liest im Pumpenhaus.«

»Wie schön.«

»In ihrem Roman geht es um Eggesin.«

»Ein Grund mehr, nicht hinzugehen.«

»Ach, komm. Wann ist in unserem Kaff mal was los?«

»Wie heißt sie?«

»Else Blumhagen.«

»Nie gehört.«

»Ich auch nicht, aber wir sollten die Gelegenheit nutzen.«

»Sollten wir?«

»In der Zeitung steht, sie ist die Tochter eines Offiziers.«

Gudrun wusste, wie ich zu ködern war. Wir organisierten einen Babysitter und fuhren zum Pumpenhaus. Der Saal war voll. Ich versprach mir von Frau Blumhagen nichts. Als sie das Podium betrat, Mitte dreißig, Puppengesicht, fielen mir ihre Schuhe auf – halbhohe braune Gouvernantenschuhe. Sie schwebten vor meinen Augen wie kleine Helikopter, ohne dass ich wusste, was das sollte.

Zunächst sprach ein Verlagsvertreter. Er bezeichnete das Buch als Roman über die Verwerfungen der jüngsten Geschichte.

Dann hörte ich zu. Es war eine Liebesgeschichte. Eine Frau aus Eggesin lernt einen Soldaten kennen. Ihre Affäre endet auch nicht, als er entlassen wird und sie jemand anderen heiratet.

Die Schriftstellerin regte mich auf. Ich respektierte ihre Sprache, die Schuhe, den spöttischen Mund. Ihre Geschichte trat gegen meinen Unterleib. Was die Schriftstellerin wusste, machte mich nervös, und wütend machte mich, was sie nicht wusste. Sie stellte sich den Gespenstern ihrer Jugend. Das begrenzende Wasser im Norden schilderte sie als einen See, der so flach war, dass man nicht in ihm ertrinken konnte.

Sie schrieb über einen Soldaten, benutzte aber den falschen Begriff für den Urlaub, den er herbeisehnte. Sie ließ ihn Wache stehen und seine Hände die Maschinenpistole »umkrampfen«. Aber Maschinenpistolen wurden im Wachdienst auf dem Rücken getragen.

In der Kaserne waren bei ihr »Hunderte« stationiert.

Diese Untertreibung störte mich am meisten.

Nach der Veranstaltung ging ich nach vorn. Gudrun wollte das verhindern, doch es drängte mich zum Lesetischchen. Ich wartete, bis alle Widmungen geschrieben waren. Ich wartete, während sie mit einer Journalistin ein Interview plante. Ich schrumpfte, aber was sollte ich tun. Die Frauen unterhielten sich angeregt.

»Entschuldigen Sie?«

»Ja?«

Ihr Blick war kalt. Ich fiel in einen Abgrund aus Peinlichkeit.

»Ich war einer der Soldaten, über die Sie geschrieben haben.«

»Ach.«

»Ich möchte nicht mit Ratschlägen langweilen, aber vielleicht könnten Sie bei der nächsten Auflage ein paar Fakten korrigieren?«

»Fakten?«

Ich vermied das Wort Fehler. So halte ich es auch im Job, der in Fehlersuche besteht, aber sie durchschaute mich.

»In der Kaserne waren nicht Hunderte stationiert, es waren Tausende.«

»Das kann sein. Aber es sollte nicht monumental wirken.«

»Es sollte nicht monumental wirken?«

»Nein.«

»Aber das ist die Wahrheit.«

Mir zuckten die Mundwinkel. Es war meine Art zu erröten. Die beiden betrachteten mich bedauernd. Ich wünschte, meinen Mund festschrauben zu können und das Zucken zu stoppen. Aber das Wort *Opfer* schrieb sich auf meine Stirn. Blut tropfte auf die Nase. Zumindest verstand ich, was es mit ihren Schuhen auf sich hatte. Die Kappen waren zum Treten da.

Ich wollte es hinter mich bringen.

»Die Wochenendurlaube, von denen Sie schreiben, begannen in der Regel nicht am Samstag, sondern am Freitag. Viele Soldaten wohnten weit im Süden. Sie waren einen Tag lang unterwegs. Es hätte sonst keinen Sinn gemacht, überhaupt loszufahren.«

»Das hat schon mal jemand gesagt.«

»Ja, und?«

»Ich habe aber recherchiert.«

»Und wie?«

»Ich habe jemanden gefragt, der das wissen muss.«

»Ihren Vater?«

»Ja, er war Offizier.«

»Was wussten Offiziere über den Urlaub von Soldaten?«

Knüpplertochter, rief Viktor.

Ich drehte mich und ging. Anderenfalls hätte ich sie an der Bluse gepackt.

Gudrun umarmte mich im Treppenhaus. Sie schob mich zur Seite, als jemand vorbeiwollte. Sie leckte mir Blut von der Stirn. Sie fischte die Autoschüssel aus der Tasche und chauffierte. Sie bezahlte den Babysitter. Sie ging zu Manuel ins Zimmer und zog seine Bettdecke hoch. Sie kam zurück und entkleidete erst mich, dann sich.

Sie drückte mich auf die Wohnzimmercouch.

Erneut ruft Manfred an. Er steht vor dem Autohaus. Ich sage ihm, dass ich zu Fuß komme.

»Warum willst du laufen?«

»Ich muss auslüften. Außerdem ist noch Zeit.«

»Wenn ich dich irgendwo abholen soll, ruf an!«

»Danke. Ich kenne den Weg.«

Sein Tatendrang jagt mich hinaus. Ich gehe bis zur Ecke, ohne jemandem zu begegnen. Erst vor einem Friseurgeschäft stehen zwei Eggesinerinnen, eine frisiert, die andere nicht. Ich grüße und ernte den Röntgenblick. Zwei Sekunden, lästig bis auf die Knochen. Was sehen sie wohl? Gegenüber erstreckt sich der übliche Mix aus Tankstelle, Schnellrestaurant, Autohaus. Ich stehe an der Ampel. Die vorbeifahrenden Wagen lassen meinen Jackettsaum flattern. Der Moment kommt mir anonym vor, als wäre ich in irgendeiner Stadt. Ich entdecke, dass meine Krawatte die Farbe des Cheeseburgers auf der Reklametafel hat.

Die Ampel springt auf Grün, und ich begebe mich

zur Niederlassung der Konkurrenz. Nur eine Stippvisite, der Auditoren-Motor soll anspringen. Zugleich ist es ein Sich-treiben-Lassen mit halb geöffneten Lidern in einer Brandung, die ich zu kennen glaube.

Kaum trete ich zwischen die Fahrzeuge, werde ich angesprochen.

»Kann ich helfen?«

»Ja, hoffentlich. Das heißt, ich bin mir nicht sicher.«

Der Verkäufer trägt Baumwollhemd und Jeans. Seine Budapester sind stumpf. Hängende Schultern und ein undefinierbarer Gesichtsausdruck komplettieren die schlichte Erscheinung.

Ich murmele, dass ich Journalist sei, wegen einer anderen Geschichte in der Gegend, aber ich hätte den aufgegebenen Salon am Ortseingang gesehen, wie das Geschäft denn laufe. Ich gebe ihm die goldgeränderte Karte, auf der nur die Büroadresse steht.

Die Schultern des Mannes straffen sich, aufmerksam liest er die Karte, überreicht seine eigene. Gestochene Sätze durchstoßen die unauffällige Hülle.

»Was meinen Sie mit Geschäft?«

»Nun, wie wir alle wissen, geht es der Branche schlecht. Wie läuft es bei Ihnen?«

»Wir können nicht klagen.«

»Der Laden brummt, die Kundschaft ist treu?«

»Selbst wenn es nicht so wäre, würden Sie von mir nichts anderes hören.«

»Wem gehört denn das leere Autohaus am Ortsrand?«

»Bitte nehmen Sie doch einen Moment Platz, ich muss mich um einen Kunden kümmern.«

Ich schaue meinerseits auf die Visitenkarte. Norbert

Klarmann. Der Name kommt mir bekannt vor. Ich rufe Manfred an.

»Wo soll ich dich auflesen?«

»Nein danke, ich bin auf dem Weg. Sag mal, wie heißt unser Pächter heute?«

»Klarmann.«

»Und mit Vornamen?«

»Siegfried, warum?«

»Nicht so wichtig, bis gleich.«

Ich schlendere bis vor Norbert Klarmanns Büro. Er sitzt am Schreibtisch und liest Zeitung.

»Ich möchte Sie nicht von der Arbeit abhalten, aber darf ich Ihnen noch eine Frage stellen?«

»Nein, dürfen Sie nicht.«

»Und weshalb nicht?«

»Weil das bereits zwei Fragen waren.«

Er schnellt hoch und sagt leise:

»Ich weiß nicht, was Sie wollen. Wenn Sie von der Presse sind, rede ich nicht mit Ihnen, weil wir mit Ihrer Zunft schlechte Erfahrungen gemacht haben. Anderenfalls gibt es erst recht keinen Grund, dieses Gespräch fortzuführen. Sie entschuldigen mich.«

Ich gehe durch Eggesin. Ich habe sie immer unterschätzt. Ich habe nie gewusst, aus welcher Richtung der Schlag kommen würde. Der Schlag, der nicht geschlagen wurde und traf. Das Büro dieses Klarmann sah aus wie jedes andere Verkäufer-Büro. Während ich mir auf die Zunge beiße und die Abfuhr in etwas Erträgliches umzuwandeln versuche, stehe ich wieder in Kerns Zimmer. Ich habe anklopfen und auf das metallische »Herein!« warten müssen, und die Arena aus Diensttelefon, Linoleum, Zimmerpflanzen und diesem sommersprossigen Echsengesicht hat mich wieder. »Genosse Hauptmann, Unteroffiziersschüler Brenner meldet sich wie befohlen zur Stelle.«

Ich weiß, dass Leute wie Kern ihre Chance genutzt haben. Ich habe gehört, dass sie von bestimmten Versicherungen, Autoherstellern, Discountern gezielt eingestellt wurden. Ich stelle mir die Anzeige vor:

»Personalführungskräfte für den Aufbau neuer Vertriebsnetze dringend gesucht.«

Die Tatsache, dass diese Menschen mit ihren Talenten (Pflichttreue, Gründlichkeit, Menschenführung) ein enormes Potenzial darstellen und sich in den ihnen angetragenen Vertriebsnetzen pudelwohl fühlen, habe ich nie bezweifelt. Ich nahm es hin, dass die eigene Firma einen Ex-Stasi-Major einstellte, obwohl, oder besser gesagt: *weil* dessen operative Vergangenheit bekannt war. »Sie brauchen jemanden, der im Auftrag des Vorstands Unregelmäßigkeiten aufspürt und dann mit eisernem Besen kehrt«, steckte mir eine Bekannte in der Personalabteilung. Bezahlt wurde der Kollege selbstredend außertariflich.

All das lässt sich nicht vergleichen mit den Zumutungen der Vergangenheit.

Schnell sagt man: Schikane. Aber was ist gemeint? Mit Zahnbürsten Toiletten zu schrubben, nachts im Stillgestanden den Feuerlöscher anstarren oder stundenlang exerzieren zu müssen, sind Belanglosigkeiten gegen etwas, das ich das innere Angefasstwerden nennen möchte – etwas so Entwürdigendes, dass einem die Haare zu Berge standen.

Dafür stand Eggesin.

Der Hauptfeldwebel, dem ich bei irgendeinem Kommando im Keller zu langsam arbeitete und der mich dafür prügelte, ohne dass ich zurückprügeln durfte (dem Zucken in den Händen will ich bis heute nachgeben). Der Offizier, den ich an einer Bushaltestelle nicht vorschriftsmäßig grüßte und der mir dafür den Urlaubsschein wegnehmen wollte, das Allerheiligste dieser Zeit. Ich begriff instinktiv, dass ich diesen Menschen nur mit äußerster Unterwerfung umstimmen konnte. Also fiel ich an dieser Bushaltestelle auf die Knie und flehte ihn an, es sich anders zu überlegen.

Ich stehe vor dem Bahnhof von Eggesin und merke, wie sehr ich mit diesem Untergang verwoben bin. Ich berühre das Schild ›Zu den Zügen‹. Es ist blau und stammt definitiv nicht aus jenen Tagen, aber es ist, abgesehen von dem grasüberwucherten und doch glänzenden Gleis der einzige Fingerzeig, dass hier noch Zugverkehr stattfindet.

Das Stationsgebäude aus glasiertem Backstein – ich lege den Kopf schief und höre Blasmusik anlässlich der Einweihung – ist verrammelt und außer Betrieb. Das Dach senkt sich. Aus dem Bahnsteig fallen die Bordsteine ins Gleisbett, quer über dem abgeweichten Fahrplan prangt der Spruch »Eggesin hat Idiotie satt«. Ich setze mich ins Moos, das die Verladerampe hinaufwächst, und die Metallplatten, mit denen die Fenster gesichert sind, schichten sich in mir auf.

Zugegeben, ich freue mich. Das einstige Haupteinfallstor ist verfallen, eine Ruine des Irrtums. Ich möchte jubeln bei der Vorstellung, wie die Kerns und Klarmanns sich wegen der Blamage die Mäuler zerreißen. Die Blamage war lange vorher da. Aber nur jene konnten sie empfinden, die hier übernächtigt und mit sich im Unreinen aus den Zügen stolperten. Eggesin, was für ein schauderhaftes Projekt, wenigstens der Bahnhof zeigt Größe und sühnt.

Ich taste mich durch das Städtchen in Richtung Kaserne. Das Gefühl von damals, aus einem der seltenen Urlaube in die Einheit zurückzukehren, ist wieder da. Wie ein Tier trottete man durch abweisende Gassen, im Hintergrund Plattenbauten, um vier oder fünf Uhr morgens. Ich erinnere mich an den Dämmerzustand. Dreißig, vierzig Minuten vor dem Überqueren der Linie am Kasernentor.

Dass ich jetzt denselben Weg gehe, nicht aus freien Stücken, sondern weil ich muss, ist eine Laune des Schicksals.

Im letzten Jahr wurde ich firmenintern zum ›Auditor of the Year‹ gekürt, aber ich kann mir nicht vorstellen, wie ich ein Autohaus prüfen soll, das sich in der ehemaligen Kaserne befindet. Ich will nicht wissen, was für ein Team mich erwartet und was für ein Geschäftsführer. Mir bleiben fünfzehn Minuten. Wenn ich so weitergehe, komme ich nie an.

Ich habe das Gefühl, einen häufig wiederkehrenden Traum zu träumen. Darin mache ich Ferien an einem See. Frühmorgens will ich einen Spaziergang machen, drehe mich um und entdecke Viktor. Er lebt, aber er sieht aus wie ein alter Mann. Er winkt mit dem Stock, dass ich auf ihn warten soll. Die Stimmung ist heiter, wir reden über die Schönheit des Sees, den Viktor offenkundig gut kennt. Er zeigt mir einen Pfad zum Ufer. Wir biegen ein und kommen zu einem Holzhaus voller Fliegen und Mücken, die uns aber in Ruhe lassen. Viktor möchte ausruhen. In einem der unmöblierten Räume setzt er sich auf ein Fensterbrett, atmet tief durch und strahlt eine Gebrechlichkeit aus, die mich rührt. Obwohl dieser Viktor nicht im Geringsten der Person ähnelt, die ich kenne, kommen keine Zweifel an seiner Identität auf. Nach einer Pause gehen wir weiter, bis der Weg zum See hin steil abfällt. Hinunterzuklettern erscheint unmöglich. Doch Viktor überzeugt mich. Wir schlittern auf dem Hosenboden bis ans Wasser. Im Sand sind Gruben ausgehoben. Wir aalen uns darin und sind ungemein zufrieden.

Eggesin wirkt fremder als damals. Ich streife durch eine Landschaft aus Plattenbauten, Supermärkten und Banken und verliere die Orientierung. Das Gelände wirkt wie glatt gehobelt. Jemandem, der hier nur mit gesenktem Blick durchschlich, fehlen markante Punkte. Der Ort rinnt mir durch die Finger, und übrig bleibt: nichts. Ich glaube eine freie Fläche wiederzuerkennen, auf der das Hotel gestanden haben könnte, in dem Gudrun und ich unsere erste Nacht verbrachten. Aber es ist eher die Erinnerung an einen Dokumentarfilm über den Rückbau der Garnisonsstadt, den ich im Fernsehen gesehen habe. Der Streifen zeigte Eggesinerinnen, die vor einer Kirche zusammenstanden und weinten, während die Abrissbirne in die Mauern krachte. Wenn das die Kirche gewesen ist, überlege ich, müsste die Straße dahinter zur Kaserne führen. Ich gehe schneller. Die Gewissheit, den Weg gefunden zu haben, kommt von oben – ich bemerke die für Militärstraßen typischen Laternen. Auch Nelli mischt sich ein. Die Garderobiere, deren Spitzname Glimmerhexe lautete, rast auf einem Besen voraus und bewirft mich mit ihrem Gemurmel:

»Krallenhände an uralten Jungfrauen, hetzen Frevler wie Hunde das Wild, sinnverwirrend, schaurig singend, im Haupthaar Schlangen und Fackeln.«

»Ist gut!«, rufe ich, und Nelli hört auf. Sie ist das Zittern des Windes, gepaart mit einem Wippen der Lampenbleche.

Ihr Lieblingsgedicht segelt zu Boden. Vielleicht war es die Reminiszenz an einen Dorflehrer, der für griechische Hymnen schwärmte. Sie sprach es uns vor, im Kabuff neben der Toilette oder in der Garderobe mit den hängenden Offiziersmänteln. Es waren seltsame Auftritte, ebenso wahr wie wunderlich.

Ich rufe Dich, Nemesis

Höchste!
Göttlich waltende Königin!
Allsehende, Du überschaust
Der vielstämmigen Sterblichen Leben.
Ewige, Heilige, Deine Freude
Sind allein die Gerechten.
Aber Du hasstest der Rede Glast.
Den bunt schillernden, immer wankenden,
Den die Menschen scheuen,
Die dem drückenden Joch ihren Nacken gebeugt.
Aller Menschen Meinung kennst Du,
Und nimmer entzieht sich Dir die Seele
Hochmütig und stolz
Auf den verschwommenen Schwall der Worte.

In alles schaust Du hinein,
Allem lauschend, alles entscheidend.
Dein ist der Menschen Gericht.

Bevor die Kasernenstraße im Wald verschwindet, zeigt das Dorf, das zur Garnisonsstadt mutierte, seinen alten Kern.

Ich passiere geduckte Bürgerhäuser und Auslagen kleiner Geschäfte. Ein Detail lässt mich aufschrecken. Die Schreibwarenhandlung links hat einen Besitzer, der Viktors Nachnamen trägt, und das Sanitärgeschäft zur Rechten gehört jemandem, der so heißt wie ich.

Brenner und Melander. Melander und Brenner

Ich stehe wie vom Blitz getroffen und mustere die Ladenschilder.

VIII

11 h vor dem Schuss
Ingo Kern sammelt ICE-Schnipsel

Ich muss zum Dienst, aber am Stadttor kehre ich um und laufe zurück in den Park. Besonders morgens kommen mir die alten Kampflieder in den Sinn. *Grüßt euch, Genossen, haltet die Fäuste bereit!* Das ist unpassend. Ich werde das abstellen.

Mutter hat mich schlafen lassen, aber jetzt hängt sie mir Schwermut an. Es war falsch, sie Georgs wegen nicht mehr zu besuchen. Mir scheint, als wäre ein Teil von ihr während des halben Jahres für immer verschwunden. Obwohl sie bei meinem letzten Besuch nicht wirklich gesünder wirkte. Wir hatten uns Fotos angesehen. Ihr fielen die Augen zu, aber wenn sie sich selbst erkannte, durchfuhr sie ein Ruck. Einmal streichelte sie ein Porträt. Es war ihr Jugendbildnis. Wie ein langsamer Scheibenwischer ging ihr Daumen hin und her.

Ich sehe auf die Uhr.

Ein schwüler Tag kündigt sich an. Am Ufer des Sees riecht es nach Muscheln und Schlick. Meine Schuhe drücken Muster in die sandige Böschung. Die andere Seite des Sees liegt bereits im Sonnenlicht. Das Belvedere schimmert weiß inmitten grün gesprenkelten Waldes.

Mehr und mehr Enten schwimmen heran und hoffen, von mir gefüttert zu werden, aber ich tue so, als wäre ich ein Pfahl des Anlegestegs. Der Himmel spannt sich blau bis zum Horizont. Auf dem Parkplatz liegt ein Mann unter seinem Auto und pfeift die Nationalhymne.

Ich versuche, nicht mehr an Mutter zu denken, will sie mir aus dem Kopf schlagen und lasse einen Stein über die Wellen hüpfen. Er springt sieben Mal – bringt das Glück? – und verwirrt die Enten, die ihm nacheilen mit dieser eindrucksvollen Ruhe oberhalb des Wassers. So ein Schwimmstil sollte Richtschnur des Tages sein – nach außen gelassen bleiben und innerlich rotieren, um voranzukommen.

Ich gehe Richtung Bahnhof und spüre den Schweiß unter den Achseln. Vor der Bibliothek winkt eine Frau und ruft mehrmals »Ingo!«. Als ich einlenke, fragt sie schon aus zehn Metern Entfernung:

»Mensch, was machst du hier?«

Sie heißt Gisela Trummer. Ihr Geburtstag ist der 26. Mai 1962. Ihre Eltern führten die Marktschenke in Ueckermünde. Wir gingen in eine Klasse und haben uns seit mindestens zehn Jahren nicht gesehen. Begeistert beugt sie sich von der Eingangstreppe. Ohne Geländer wäre eine Umarmung nicht zu verhindern.

»Was treibst du in Neubrandenburg?«

»Ich arbeite im ICE-Werk.«

»In unserer edlen Bahnschmiede – als was denn?«

Mit einem Knacken der Knie geht sie in die Hocke, wobei sich vorn ihr Sommerkleid öffnet. Ich blicke in eine wulstige Sackgasse. Der Slip am Ende trägt die Aufschrift: Tuesday.

»Personalabteilung!«, erkläre ich.

»Oho!«, flötet sie und schwenkt zur Seite.

In der achten Klasse habe ich ihr einmal während des Russischunterrichtes mit einem Feuerzeug die Haare angezündet, was Ausdruck eines gewissen Interesses war. Aber so unmittelbar, wie ihre gesprayte Frisur in Flammen aufging, sie schrie und ich ihr meine Jacke über den Kopf warf, erkaltete unsere Beziehung wieder.

Ich bedauere die Begegnung mit jeder Faser, entgegne unwillig:

»Und du?«

»Ich arbeite in der Stadtverwaltung. Die Stelle ist befristet, aber nach den Kindern war ich froh, überhaupt etwas gefunden zu haben.«

Ihre Wiedersehensfreude kennt kein Erbarmen. Sie berichtet von Mann und Kindern, von Klassenkameraden, die inzwischen verheiratet sind oder Verkehrsunfälle erlitten, von Jobs in Bayern, Urlauben in Südafrika und einem ihr vorschwebenden weiteren Klassentreffen. Keine Lücke, um mich gesittet davonzumachen. Nach einer Weile tippe ich auf die Uhr, schreibe eine erfundene Telefonnummer auf und verschwinde.

Im Werk ist es kühl. Ich fühle mich besser, aber am Wegweiser des Verwaltungsgebäudes wartet die nächste Plage. Das Schild Personalbetreuung hängt schief. Seit Wochen drehe ich die Schraube mit dem Fingernagel zurück in die Wand und telefoniere dann mit dem Hausmeister, der mir versichert, das in Ordnung zu bringen.

In dreißig Minuten soll das Mediatorengespräch stattfinden. Vorher muss ich Post erledigen, aber die Stille in der Abteilung nagt an der Konzentration. Karoline, die seit zwei Monaten im Vorzimmer sitzt, ist mit den anderen auf der Messe in Rostock. Ich stehe in der Büroküche. Das brodelnde Wasser lässt den Kocher wackeln. Unten auf dem Parkplatz klappt eine Autotür.

Fast könnte es Neunzehnhundertneunzig sein, die

Zeit der großen Auflösung. Wer die Kaserne noch nicht verlassen hatte, hockte zumeist in der Kantine. Ich werde nicht vergessen, mit welcher Schwere im Körper man zusammenrückte. Trenn dich von allem, schien jede Bewegung, jeder Blick sagen zu wollen. Nachmittags floh ich aus der Langeweile meines Dienstzimmers in die Offiziersmesse. Kuchen gab es keinen mehr. Personal hinter der Theke auch nicht. Jemand in der Runde nahm für mich seine Jacke von der Lehne eines Stuhls. Dann prosteten wir uns mit Tassen voller Kaffee zu, als käme es auf diese Ermutigung an. Die Unterhaltungen blieben halblaut. In der Ecke des verwaisten Saales kam man sich vor wie belauscht von den neuen Ohren. Ich entsinne mich, dass über Patenschaften des Herzens gesprochen wurde, eine Aktion von Privatsendern und Zeitschriften, die zu Spenden für ostdeutsche Familien aufriefen, um dieser bedauernswerten Spezies Urlaube in Spanien zu ermöglichen.

Mein Handy klingelt. Der erste Schichtleiter ist dran und bittet, die Unterredung um eine Stunde zu verlegen.

»Wie stellst du dir das vor? Ich muss heute Vormittag noch zur Messe nach Rostock!«

Wir einigen uns, eine halbe Stunde zu verschieben. Ich beschließe, das Gespräch mit Schröder in die Lücke zu ziehen. Schröder arbeitet an der Unterflur-Radsatzdrehmaschine, der URD, wie man sagt. Ich liebe dieses Ding. Dass ich Schröder für Höheres im Auge habe, hat sicher damit zu tun. Hin und wieder beobachte ich, wie er am Steuerpult steht und überwacht, wie die blitzenden Meißel über Zugräder gleiten und das neue Profil abspanen.

Technik, murmele ich, während ich den Platz zwischen den Hallen überquere. Wie kann man einen Haufen Stahl lieben? Das ist mysteriös irgendwie, aber eine Tatsache. Das vibrierende Metall, der Geruch, die glänzenden Flächen voller Öl, die im Container und auf dem Boden abregnenden Splitter. Offenbar drückt das etwas über mich aus. Ich öffne die Hallentür, und mir schlägt Wärme entgegen. Schröder steht unter dem Zug vor seinem Bildschirm und merkt nicht, dass ich komme.

»Hallo!«

Ruckartig dreht er sich um.

»Guten Morgen, Herr Kern.«

»Können wir uns einen Moment unterhalten?«

»Sicher.«

Wir setzen uns an ein Tischchen neben der Hallenwand. Er nimmt den Helm ab und legt ihn auf einen Stuhl. Ich registriere den Schweiß auf seiner Stirn, das schwarze, an der Kopfhaut klebende Haar, die buschigen Augenbrauen und seine grobporige Haut.

»Ahnen Sie, worüber ich mit Ihnen sprechen möchte?«

Er schüttelt, nein, er wiegt den Kopf, und mir geht auf, was diesen hässlichen Mann sympathisch macht – es ist seine Zurückhaltung. Ich zeige ihm ein Organigramm mit den Namen mehrerer Kollegen.

»Sie wissen, dass die Stelle des Abteilungsleiters zu besetzen ist. Mich interessiert, welchen von diesen Kandidaten Sie als Chef akzeptieren würden.«

Er starrt auf das Papier, und ich vermute, dass er um die Bedeutung der Antwort weiß, denn er nimmt sich überraschend viel Zeit und sagt dann:

»Ich hätte mit jedem Bauchschmerzen.«

Ich muss lachen.

»Für den Posten hatte ich auch eher Sie im Auge.«

»Mich?«

Sein Mund steht offen.

»Ob Sie es glauben oder nicht, Sie sind meine Nummer eins.«

Sein Schweigen hält an. Ich versuche, darin zu lesen, aber da ist nichts als Verblüffung, eine leere weiße Fläche.

»Schröder, kriegen Sie sich wieder ein. Das ist kein Heiratsantrag, sondern eine Jobofferte.«

»Verstehe.«

»Freuen Sie sich nicht?«

»Doch, natürlich.«

»Denken Sie in Ruhe nach. Sprechen Sie am Wochenende mit Ihrer Frau darüber. Sollten Sie sich für diesen Weg entscheiden, was ich begrüßen würde, sehen wir weiter.«

Jetzt grinst er, was mich an ein Pferd denken lässt, das seine braunen Zähne der Rübe hinstreckt, mit der man vor ihm wedelt.

»Ich weiß, ich muss an meiner Rhetorik arbeiten.«

»Keine Sorge, wir machen eine Potenzialanalyse, erfassen Ihre Stärken und Schwächen, auch die Bedenken im Umfeld und legen ein Förderprogramm auf. Um es deutlich zu sagen: Ich bin überzeugt, dass Sie das schaffen.«

Warum mich Zweifel beschleichen, bleibt unklar. Fachlich ist er perfekt. Wenn ich etwas vermisse, hat es mit dem zu tun, was ich glaube, in ihm wiederzuerkennen: meine eigenen Anfänge im Unternehmen. Ist er hart genug für den Aufstieg? Sicher vorhersagen kann man das nie. Ich möchte dichter an ihn heran, ausführlich mit ihm plaudern und erzähle, wie es mir ergangen ist.

Meine Vergangenheit ist kein Geheimnis, aber Schröder mit den alten Kamellen zu kommen, ist seltsam. Ich berichte, was ich als Schlosser im Maschinendienst nach der Wende zu tun hatte. Drehscheiben schmieren, Aufzüge und Notstromaggregate reparieren. Schröder kapiert nicht, was das soll, und sieht rüber zu seinem Monitor, aber ich bin nicht aufzuhalten. Das muss jetzt gesagt werden, auch wenn uns Späne um die Ohren fliegen.

Die Besandungsanlagen, bei denen ich landete, markierten den Tiefpunkt. Ich deute an, wie es für mich war, für Sand verantwortlich zu sein, mit dem Züge bremsen. Das Zeug in den Lagerschuppen durfte keine Rückstände von Ton oder Lehm aufweisen. Es musste scharfkantig und vor allem trocken sein. Ich beschreibe Schröder die ganze verdammte Sandstruktur mit den dafür nötigen Apparaturen und Abläufen.

Was manche Kollegen von abgesprungenen Militärkadern hielten, wird er sich denken können.

»Ich habe gewartet. Ein Jahr habe ich auf eine Gelegenheit gewartet, von den Idioten und ihren Sticheleien wegzukommen.«

Schröder muss an seine Tastatur, kommt aber rasch zurück, weil er wissen will, wie mein Befreiungsschlag aussah.

»Es gab drei Besandungsanlagen. Die Leute, die sie jeweils bedienten, machten alle dasselbe. Also schlug ich vor, zwei Arbeitsplätze einzusparen.«

Ich sehe lange und kalkulierend auf die Uhr, eine der

Gewohnheiten, die mir aus der Offiziershochschule geblieben sind.

Mein Denkanstoß für Schröder setzt sich folgendermaßen zusammen:

Erstens war mir damals bewusst, dass der Meister keine Leute mochte, die sich die Eier schaukelten. Zweitens waren das zufällig die beiden, die mir dauernd politisch kamen. Drittens brachte mich dieser Vorschlag in die Personalschiene. Viertens und zur Beruhigung arbeiten wir in einem Riesenunternehmen. Leute, die irgendwo rausfliegen, werden anderswo geschluckt.

»Das ist wie bei einem Schuss. Die Spatzen auf der Leitung fliegen auf und setzen sich ein Stück weiter wieder hin.«

Dem Kollegen, denke ich beim Verlassen der Halle, konnte geholfen werden. Da wieder Metallspäne in meiner Schuhsohle stecken, was mich bei Flughafenkontrollen schon Nerven gekostet hat, lehne ich mich an einen Zaun und pule sie heraus.

In der Triebzughalle herrscht gleißendes Licht. ICE-Züge stehen wie Kraftrösser in den aufgeständerten Gleisen. Meine Schritte auf dem Linoleum verursachen ein leises Schmatzen. Mitarbeiter grüßen. Ich grüße zurück, und mitunter werde ich am Arm gehalten. Einer der Monteure moniert, dass die mobilen Treppen nicht ausreichen würden und, obwohl unverschämt teuer, dauernd kaputtgingen. Ich kann erkennen, dass eine der Zugspitzen beschädigt ist. Die Lebensmüden missbrauchen uns und machen Scherereien. Ich komme nicht dazu, dem Gedanken nachzugehen, denn Kalle, ein Kollege, mit dem ich mich seit seiner Scheidung duze, beschwert sich über den geplanten Besuch des Verkehrsministers. »Wir fahren schon so auf Knirsch. Jetzt sollen wir noch den Boden von Flecken befreien, draußen Rasen mähen und Listen mit allen Mitarbeitern ins Ministerium schicken? Die bestehen sogar darauf, eine eigene Toilette reserviert zu bekommen.«

Kalle hat Arme so dick wie Oberschenkel und ist tätowiert wie ein Knacki. Als er mich letzten Sommer bat, ihn zu seiner Ex zu begleiten, um als Bürge zu dienen, wenn er seine Tochter abholte, hat mich das stolz gemacht. Die beiden verbrachten ein paar Sonntage bei uns. Wir versuchten, den Anschein von Normalität zu wahren, aber der mit den Schultern zuckende, das kleine Mädchen an sich drückende Kalle schob jeden Gedanken daran beiseite. Das also ist Scheidung, dachte ich und kam mir vor wie ein Voyeur.

Zusätzlich unangenehm war ein aufdringliches Gefühl von Überlegenheit.

»Kalle, ich habe Druck. Lass uns morgen Abend darüber sprechen.«

Ich laufe neben den Waggons nach vorn und sehe nun den Haufen mit Trümmern der Verkleidung. Am Bug macht sich jemand in Schutzkleidung zu schaffen. Er stapelt größere Reste in eine Kiste und säubert den Triebwagen mit der Hochdruckpistole. Er ist ganz bei der Sache und bemerkt mich nicht. Selbst dreißig Meter entfernt sind Fenster und Wagenübergänge mit Blutspritzern gesprenkelt. Offenkundig war der Zug bisher nicht in der »Seuchengrube«. Ich vermeide es, nach unten auf die Fahrgestelle zu blicken, und überlege, zum Meeting einen Umweg zu nehmen.

Aber ich laufe weiter.

Der Mann mit dem Reiniger wechselt auf die andere Seite, und so kann ich mir von den Bruchstücken des Zuges eins aussuchen. Es ist klein, sieht aus wie ein gesplitterter Reißzahn und will seine Geschichte erzählen.

Ich stecke es ein wie üblich und verlasse die Halle, wobei mir der Begriff Personenschaden im Mund herumgeht. Ich kaue darauf, wende ihn hin und her, ohne schlucken zu können. Auch als ich im Treppenhaus dem zweiten Schichtleiter begegne, der mir zuwirft, ich solle schon vorgehen, der andere würde warten und er selbst käme gleich wieder, liegt das amtliche Sterbenswörtchen mir auf der Zunge.

Einer meiner Träume geht so: Ich hisse einen toten Mann wie eine Fahne, binde ihn also an einem Seil fest und ziehe ihn wie bei einem militärischen Zeremoniell am Mast nach oben. Die Frage lautet: Ist der Mann, wenn ich ihn verknote, bereits gestorben, oder bin ich derjenige, der sein Ende herbeiführt? Das ist keine Geschichte, die sich nächtens mal so aufdrängt. Es ist ein wiederkehrendes Arrangement mit dem Ziel, meinen Anteil zu erforschen. Obwohl der Tote anonym bleibt, ist mir nach dem Erwachen sofort klar, wer das sein soll. Gewöhnlich endet der Traum mit einem gehissten Körper, der im Wind schaukelt, während ich nach oben blicke und salutiere.

Natürlich weiß ich den Namen dieses Wackelmanns. Der Tag sei verflucht, an dem sich unsere Wege kreuzten!

Ich spüre, wie das Teilchen in meiner Tasche schubbert und kratzt, aber ich kann dieser Einritzung meines Selbst jetzt nicht folgen.

Vor mir sitzt Krampner, der erste Schichtleiter. Ein geborener Neubrandenburger, mein Jahrgang. Er glänzt nicht durch Wortreichtum, ist aber zuverlässig. Bis sein Amtskollege auftaucht, versucht er, mir das Problem zu umreißen.

»Jetzt noch die Ost-West-Keule rauszuholen ist albern, aber mit Bärdorfer kann ich nicht.«

Ich höre unbewegt zu.

»Bei dem erlebt man keinen Satz ohne ich. Ich, Bärdorfer, hier und ich, Bärdorfer, da. Achten Sie mal darauf. Mag sein, dass er supertoll ist und seine Leute im Griff hat. Aber das Gehabe nervt!«

Für Krampners Verhältnisse war das eine Grundsatzrede. Bärdorfer betritt den Raum. Der aus Kassel stammende Mann balanciert zwei Tabletts im Arm.

»Ich habe uns in der Kantine noch Kaffee und Kuchen besorgt.«

»Gute Idee«, lobe ich. Krampner betrachtet mit kraus gezogener Nase den Kuchen, dann seinen Überbringer und sagt langsam:

»Je länger Sie und ich uns unterhalten, desto schwieriger wird es.«

»Das empfinde ich anders«, meint Bärdorfer, strahlt aber deutlich weniger.

»Sind Sie jetzt angefressen?«, schalte ich mich ein.

»Was heißt angefressen. Ich bin erstaunt, was in meinem Kollegen vorgeht.«

Ich lenke die Diskussion auf Sachfragen.

Zunächst geht es um die Mängelliste. Laut Bestimmung sollen dort bei Schichtwechsel Probleme eingetragen werden, damit die Ablösung reagieren kann. Krampner wettert:

»Wenn wir übernehmen, steht da meistens gar nichts.«

»Das bezweifele ich.«

Bärdorfer bleibt sogar freundlich, wenn er sich eingelt. Wenn der mal zuschlüge, würde er anschließend um Verzeihung bitten.

Ich habe die Mängelliste dabei, und wir blättern darin.

Triumphierend weist Bärdorfer auf zwei Einträge von gestern.

»Sag ich doch.«

»Gefordert sind aber Namenskürzel und nicht dieses anonyme Gekritzel!«

Beide starren sich an.

Mich erstaunt, dass innerdeutsches Anderssein noch die Atmosphäre vergiftet. Vielleicht ist es auch Zufall? Eine Animosität, wie sie überall vorkommt?

Ich frage Krampner:

»Was soll sich Ihrer Meinung nach ändern, um die Zusammenarbeit zu verbessern?«

Und als wären nicht Jahre der Entfaltung ins Land gegangen, entgegnet er:

»Wollen Sie meine persönliche Meinung wissen?«

»Ja, welche denn sonst!«

Mich erinnert das an einen aus der Lausitz stammenden Kollegen, der eines Tages an mich herantrat und besorgt darauf hinwies, dass er gleichzeitig Personaler und Datenschutzbeauftragter sei und es niemanden gäbe, der ihn kontrollieren könne.

»Sie wollen kontrolliert werden? Hört das nie auf!«, fuhr ich ihn an.

Als Fürsprecher der Neuzeit bin ich keine Idealbesetzung, aber Leute, die stehen bleiben, sind mir ein Gräuel.

Die Ebene, auf der Krampner und Bärdorfer dann Burgfrieden schließen, ist fast belanglos. Bärdorfer lebt für den Sport, und Krampners Frau, die auch im Werk arbeitete, starb vor zwei Jahren an Lungenkrebs. Als ich meine Schnappschüsse über die Zustände auf der Raucherinsel zeige – sogar in der Halle fand ich auf dem Holzgeländer ausgedrückte Zigarettenkippen –, sind sich die beiden einig, dass das Rauchverbot kommen muss.

Einträchtig empört studieren sie mein »Dossier der täglichen Schandtaten« – auf Feininstrumenten abgelegte Hämmer etc. – und hängen an meinen Lippen, als ich ihnen den Unterschied zwischen intrinsischer und extrinsischer Personal-Motivation erkläre.

IX

10 h vor dem Schuss
Stefan Brenner inspiziert ein Autohaus

Manfred wartet auf dem Parkplatz. Wir geben uns die Hand und inspizieren das Autohaus von außen. Es liegt am Rand des Kasernenkomplexes, an der Straße Richtung Ahlbeck. In diesen Gebäuden waren Artillerieeinheiten stationiert. Ich habe den Bereich nie betreten. Darüber bin ich, soweit das möglich ist, erleichtert. Mit ausgestrecktem Arm erkläre ich Manfred:

»Sie haben den Zaun versetzt und dadurch eine Reihe interessanter Immobilien eingesackt.«

»Was war das ursprünglich?«

»Sieht aus wie der Kantinenblock. Oder auch das Kinogebäude.«

»Findest du den Umbau gelungen? Die Glaskuppel ist doch zum Schießen.«

Manfred war bereits auf Erkundungstour. Er berichtet von Lackierereien und einer Fahrschule gleich nebenan. Auch das leer stehende Wachgebäude am ehemaligen Kasernentor hat er sich angesehen. Ihm fiel auf, wie klein der Parkplatz davor war.

»Wo habt ihr damals eure Autos geparkt?«, fragt er.

Der wahre Sinn für diesen Ort fehlt ihm, muss ihm fehlen, aber das ist meine Chance.

Aus dem Autohaus werden wir beobachtet, unsere Anzüge und Aktentaschen sind verräterisch.

Um zu wissen, was dort drinnen vorgeht, muss man kein Prophet sein. Der Laden hat die Lizenz seit drei Jahren. Es ist die erste, völlig normale Inspektion, was die Anspannung der Kollegen nicht mindert, denn es geht ihnen darum, aus Formfehlern und Schussligkeiten erwachsene Nachzahlungen zu vermeiden. Die Disponentin rast. Die Mannschaft prüft seit Tagen Stilllegungsbescheinigungen, fahndet nach Kopien von Gebrauchtwagenverträgen, müht sich um Schadensbegrenzung.

Vor dem Eingang empfängt uns der Pächter.

»Willkommen im schönsten Autohaus Mecklenburg-Vorpommerns! Klarmann mein Name, wir haben telefoniert.«

Abgesehen vom violetten Anzug sieht Klarmann II aus wie sein Bruder. Dieselbe Körperhaltung. Dasselbe zur Vorsicht mahnende Gesicht. Er hält uns mit einer Verbeugung die Tür auf und säuselt etwas von einem architektonischen Blickfang. Die Leser der Regionalzeitung hätten das bei der alljährlichen Umfrage auch so beurteilt. Er zeigt in die Kuppel.

»Ist das nicht futuristisch? Was meinen Sie, wie das erst in der Nachmittagssonne aussieht!«

»Licht ist nicht alles, Kollege. Wo sind unsere Arbeitsplätze?«

Manfred reizt die Beflissenheit. Er würgt den Mann ab wie einen angeleinten Hund, den man zurückzerrt.

Klarmann II tut ihm den Gefallen, abermals loszupreschen.

»Wir haben ein Büro mit zwei Schreibtischen freigeräumt. Wann planen Sie Ihre Mittagspause? Es wäre mir ein Vergnügen, Sie zum Essen einzuladen.«

»Das lassen wir besser. Wenn Sie die Bücher bringen und Kaffee organisieren könnten – wir würden gern anfangen!«

Klarmann II verdrückt sich. Während wir die Laptops einstöpseln, sinnieren Manfred und ich darüber, was zwei Brüder dazu bringen könnte, am selben Ort in konkurrierenden Autofirmen zu arbeiten.

»Marktaufteilung«, vermute ich.

»Oder Streit«, meint Manfred.

Danach verbreitet er sich über seine Gefühle als »Cowboy, der aus der Hüfte schießt«. Man dürfe nicht zu weit gehen. Aber die Erfahrung zeige, dass ein Rempler zum Anfang nottue.

»Weißt du, was mein Vater gesagt hat?«

»Na?«

»›Ein Schlag auf den Hinterkopf erhöht das Denkvermögen‹, hat er immer gesagt.«

»Aber der Kerl ist devot für zwei, den musst du nicht unter Druck setzen.«

»Mag schon sein«, sagt Manfred.

Dann kommen der Kaffee und ein Tablettwagen voller Unterlagen.

Ich habe Schwierigkeiten, mich zu konzentrieren. Worte wie »Normenkonformität« und »Kunden-Lieferanten-Verhältnis« zerfließen. Ich grübele, ob Manfred schon einmal von seinen Cowboy- und Kopfnuss-Fantasien erzählt hat. Die Vorstellung, ihn mit Colt und Peitsche durch das Autohaus jagen zu sehen, hat Faschingscharakter.

Ich kontrolliere Rechnungen und habe, gelinde gesagt, keine Lust. Geister sabotieren das Audit. Mit den

Knien stoße ich an die Heizung. Im Profil sieht Manfred aus wie Hauptmann Kern.

»Wie läuft's? Kommst du voran?«, fragt er und zwinkert mir zu.

Am schlimmsten ist der Blick aus dem Fenster. Links erstreckt sich die Kaserne. Das Areal wirkt verlassen, obwohl Autos vor den Gebäuden parken. Über den Hügel verteilen sich in strenger Ordnung Baracken, Straßen und Freiflächen. Die Sicht auf *meine* Baracke ist versperrt, aber am Gesamtbild hat sich nichts verändert.

Die Zentrale hat mich mit den üblichen Daten versorgt, plus einen Sonderteil über Autohäuser in ehemaligen Kasernen. Ich habe das quergelesen. Aufgefallen ist mir eine Fußnote zum Konstruktionsproblem von Massenunterkünften. Bereits im siebzehnten Jahrhundert hatte ein französischer Architekt die bis heute gültige Bauform erschaffen. Aber die hohe Sterblichkeit in den oft mit mehreren Tausend Soldaten belegten Quartieren konnte erst zweihundert Jahre später durch »ausreichende Ventilation« gemindert werden.

Ich verabscheue den Hang mancher Kollegen, sich in eine Genauigkeit zu verlieren, die der Sache nicht dienlich ist. An dieser Mappe musste jemand mitgewirkt haben, den ein besonderes Interesse an Kasernen umtrieb. Da gab es Passagen, die mit einem Audit nichts zu tun haben. Ich hole die Mappe aus der Tasche und lese nach:

»In deutschen Kasernen sind seit 1874 nur drei Stockwerke zulässig, und in einem Gebäude darf höchstens die Mannschaftsstärke eines Bataillons untergebracht werden. Der Luftkubus für einen Mann beträgt 15 bis 16 Kubikmeter bei einer Grundfläche von 4,59 Quadratmetern. Jedoch ist dies kein Ersatz für die unzureichende Ventilation. Indem die Mannschaften in einem Raum wohnen, essen, schlafen und putzen, findet eine starke Verunreinigung statt, welche sich in dem bekannten Kasernengeruch zu erkennen gibt.«

Manfred, dem Informationen zum Leasing fehlen, verlässt den Raum. Kurz darauf klopft es.

Klarmann II knetet die Finger und möchte nicht stören. Ich kann den Schrei unterdrücken. Wenn ich etwas erfahren möchte, dann bestenfalls, wer diese Exkurse in meiner Audit-Mappe untergebracht hat. Ich pendele auf dem Bürosessel vor und zurück, und Klarmann II erläutert mir die Traditionen seiner Familie:

»Bereits mein Urgroßvater war Fuhrunternehmer und gründete in den Zwanzigerjahren die erste Autowerkstatt in Eggesin.«

»Was wollen Sie?!«

Er redet und redet. Ich merke es an seinen Mundbewegungen.

Da ich ihn nicht grundlos hinauswerfen kann, zwinge ich mich, seiner Zunge Laute zuzuordnen. Das Büro ist zweifellos vom Bazillus des benachbarten Schinderterritoriums befallen. Ich habe manches erwartet. So frische Verzweiflung nicht.

Der Schleimer fragt:

»Wollen Sie sich das ansehen?«

»Was?«

»Die Hallen für die Hebebühnen und den Prüfstand.«

»Wie bitte? Verzeihung, ich war in Gedanken.«

»Ich habe zu erklären versucht, weshalb wir eine Erweiterung vorschlagen. Die Lagerkapazitäten sind zu klein, wir benötigen mehr Hebebühnen und mindestens einen weiteren Bremsenprüfstand. Außerdem möchten wir einen Werkstattservice für Baumaschinen integrieren.«

»Klingt vielversprechend.«

»Wir befinden uns auf ehemaligem Militärgelände.«

»Das ist mir nicht verborgen geblieben.«

»Die Kaserne steht fast leer, und das wird so bleiben. Direkt nebenan verkommt gewaltiges Potenzial.«

»Sie haben etwas vorbereitet?«

»Ja, ein Umnutzungskonzept für den ehemaligen Gefechtspark. Man müsste eine Million investieren und könnte langfristig zehn bis fünfzehn Fachkräfte einstellen. Wir haben einen großen und treuen Kundenstamm.«

»Sicher.«

»Wir stehen für unsere Marke in dieser Region.«

»Ich werde das Konzept weiterleiten.«

Er klebt an mir wie eine Klette.

»Gibt es noch was?«

»Ich denke, es wäre von Vorteil, wenn Sie sich das Areal anschauen.«

»Denken Sie?«

»Sie werden sich verlieben. Das Nutzungsvolumen ist ungeheuer.«

»Wie steht es um die Bodenbelastung?«

»Kein Problem.«

»Und die Kosten?«

»Vergleichsweise lächerlich.«

»Na gut.«

»Der Standortälteste weiß Bescheid. Wir müssten nur die Schlüssel holen, und ich könnte Ihnen alles zeigen.«

»Rufen Sie ihn an und bringen Sie das Konzept. Ich begutachte allein.«

»Aber Sie kennen sich nicht aus.«

»Ich komme schon zurecht.«

Ich sehe die alte Straße. Das Kopfsteinpflaster scheint nur darauf zu warten, dass grobstollige Reifen wieder im Minutentakt darüber hinwegdonnern.

In meiner Aktentasche befinden sich Tagebuchnotizen, die ich mich nicht getraut habe, zu Hause zu lassen. Ich hole den vergilbten Packen hervor. Es sind auch Briefe von Gudrun und andere Zeugnisse jener Zeit darunter. Irgendwann warfen wir alles zusammen. Es sollte keine Geheimnisse geben. Obwohl Gudrun es anbot, konnte ich mich nie dazu durchringen, ihre Auslegung von Viktors Tod zu lesen.

Wann soll ich es tun, wenn nicht heute? Aber es ist noch nicht so weit.

Manfred kommt zurück. Er beschimpft das Leasing als irres Verlustgeschäft. Ich registriere seine Krawatte, ein rotes flatterndes Seidenteil, wahrscheinlich Armani. Für einen Sekundenbruchteil bläht sich das Bändchen zum Vorhang, wickelt mich ein und kühlt. Das kreuz und quer schießende Muster sieht aus wie geronnenes Blut. Manfred streicht es ordentlich glatt und mokiert sich über Kalkulationen, Kampagnen.

Ich stehe auf einer dunklen Bühne, eingehüllt in rostrote Seide, und Tak-Tak-Tak werden Bruchstücke von Monologen in meinem Innern befestigt wie von einer Nähmaschine. Ich bin verloren. Ich bin gespalten und brauche ein Alzheimerschwert. Wer gibt mir Mut-Transfusionen, Freude am Humbug, Balance?

Genug!

Mein Partner linst über die Lesebrille.

Als Tröster taugt er nicht, obwohl ich für seine Nachsicht dankbar bin. Gudrun müsste Frühstückspause haben. Ich warte auf ihren Anruf, aber das Handy bleibt still.

Manfred spricht über Borderline-Marketing – ich kann das Gewäsch nicht mehr ertragen.

Die Sehnsucht bringt mich zurück zu den Baggern in Eggesins Ortsmitte, die das alte Hotel zertrümmern.

Ich geselle mich zu den schluchzenden Einwohnerinnen. Der Abriss betrübt plötzlich auch mich. Ich entsinne mich makelloser Momente. Gudrun und ich verbissen und verkeilten uns ineinander, bis das Laken an mehreren Stellen riss. Danach hörte ich mein Sperma in ihr wandern. Ich mag deinen Gebärmutterhals, sagte ich, und wir kicherten, bis gegen die Wand geklopft wurde.

Da war Viktor seit einer Woche tot.

Später beschloss ich, diesen illoyalen Fick als *intensiv* abzuheften.

Wir redeten nicht darüber, aber Viktor sah uns zu. Er war der Ehemann, der im Sessel hockte und onanierte. Der Mann mit dem Strick um den Hals, den wir erst an die Heizung hängen und würgen mussten, damit er Spaß hatte. »Nicht so laut!«, bat Gudrun. Dabei schrie sie am lautesten. Es waren abgehackte Schreie, Konvulsionen, die sich in den umliegenden Wäldern fortsetzten. Wenn ich gegen ihr Scheidengewölbe stieß, bekam ich einen elektrischen Schlag, Schmerz, wie ihn nur das Ineinanderbrennen von Lust und Schuld bereitet, scheußlich süß.

Zwischen Wein- und Lachkrämpfen erfanden wir neue Praktiken. Sie klemmte meinen Penis in ihre Kniebeuge und bewegte das Bein. Es fühlte sich an wie eine unbekannte Dehnungsübung. Später klagte sie über wunde Schleimhäute, flüsterte, es wäre ihr erstes Mal nach dem Krankenhaus, erleichterte mich mit der Hand. Sie kauerte neben mir, und der Hochdruck beförderte mein Sperma bis an die Gardinenstange.

Ungläubig sahen wir die Ladung pendeln.

Ich bemerke, dass Manfred mich ansieht. Seine Lesebrille blitzt. Ich möchte von Klarmann IIs Offerte berichten, da kommt er herein und bringt das Konzept.

»Soll ich Sie wirklich nicht begleiten?«

»Wirklich nicht.«

»Dann gebe ich Ihnen wenigstens den besten Vorführwagen.«

»Ja, ja.«

»Was für ein Kriecher!«, sagt Manfred, als wir wieder allein sind, und ich schäme mich. Dafür gibt es keinen anderen Grund als ostdeutsche Solidarität, aber ich schäme mich trotzdem.

Die Kooperation zwischen Manfred und mir heißt im Firmenjargon ›Tandemprinzip‹. Ich frage:

»Ist das okay, wenn ich kurz verschwinde und mir die Hallen ansehe?«

»Vor mir aus. Wie lange soll's denn dauern?«

»Keine Ahnung. Vielleicht eine Stunde.«

»Keine Ahnung dauert aber länger.«

Manfred wechselt den Tonfall.

»Meinst du, ich weiß nicht, worauf das hinausläuft?«

»Was?«

»Ich verstehe vielleicht nicht jede Kleinigkeit, mit der du deinen Ostschock durchlebst, aber ich habe Augen im Kopf. Bin ich der Trottel, der deinen Job erledigt?«

»Was heißt Trottel?«

»Das frage ich mich auch. Aber schau dir die Hallen ruhig an. Warum verbringst du nicht den ganzen Tag dort?«

»Hör zu, das –«

»Schon gut. Wie muss ich mir das Problem vorstellen?«

»Keine Ahnung.«

»War das so etwas wie ein Verkehrsunfall?«

»Verkehrsunfall?«

»Du hast posttraumatische Beschwerden, das kenne ich.«

»Ja, dann ja.«

Ich hebe resignierend die Arme.

Langsam rolle ich den Hügel hoch, sehe die Einfahrt des großen Tores und bin unsicher, ob es zu schaffen ist. Rechts liegt, umringt von Bäumen, das Knüpplerheim – der ehemalige Wohnblock für Berufssoldaten. Ich passiere die Schwimmhalle, das Heizwerk und den Waldweg dahinter. Noch zweihundert Meter. Ich würge den Motor ab und öffne die Fenster.

Aus diesem Waldweg kam Kern jeden Morgen auf seinem Fahrrad. Man konnte die Stelle von der Baracke aus einsehen. Ich steige aus, prüfe die Beschaffenheit des Bodens und höre das Fahrrad des Bösen im Waldesinnern quietschen.

In den finstersten Tagen habe ich mir gewünscht, Kern morgens vom Toilettenfenster im zweiten Stock aus vom Rad zu pusten. Visier 400, Ziel aufsitzend. Die Fantasie dauerte eine Woche. Kerns (und auch mein) Glück bestand darin, dass während dieser von höheren Mächten friedvoll manipulierten Zeit weder ein Übungsschießen stattfand noch eine Objektwache zu stehen war, ich also keine Munition entwenden konnte. Ich hätte die Geschossspitzen eingekerbt.

Auf dem warmen Grund kauernd, lasse ich den feinen Sand durch die Finger rinnen. Ich habe gehört, dass es Menschen mit Glücksschatten gibt, der Gabe, Unheil mit einer gekonnten Drehung zu entkommen und sich in ein Ausweichglück zu retten. Vermutlich bin ich so jemand.

Es ist still. Nur die Kiefern bewegen ihre Äste.

»Den Teufel erkennt man am Pferdefuß«, behauptete Nelli. Wenn er erst mal anwesend sei, etwa durch Flüche wie »Hol mich der Teufel« angelockt wurde, wäre es allerdings schwer, ihn wieder loszuwerden. Nelli empfahl das Singen frommer Lieder, zum Beispiel *Der lieben Sonne Licht und Pracht* mit den Worten des sechsten Verses:

»Ihr Höllengeister, fort mit euch! Hier habt ihr nichts zu schaffen; dies Haus gehört in Jesu Reich, lasst es ganz sicher schlafen! Der Engel starke Macht hält es in guter Acht; ihr Herr und Lager ist mein Schutz; drum sei auch allen Teufeln Trutz!«

Wenn wir sagten, dass christliche Gesänge unsere Schwierigkeiten vergrößern würden, lachte Nelli. Ihre Schatztruhe war unerschöpflich.

»Wenn es in der Kaserne nicht geht, dann singt ihr

außerhalb. Und wenn das nicht hilft, legt ihr ein Torfkreuz.«

»Wo gibt's hier Torf?«, stöhnten wir.

In weißen Kitteln verbrachten wir die Pausen vom Küchenkommando in Nellis Hinterzimmer. Sie erklärte uns, wie man Kern, *wenn er leibhaftig des Teufels sei*, mit einem ausgelegten Bannkreuz aus Moos oder Birkenholz beikommen könnte.

»Das wirkt zur Not auch.«

Auf dem Schild des Kasernenzauns steht: »Militärischer Sicherheitsbereich! Unbefugtes Betreten ist verboten und wird strafrechtlich verfolgt. Der Kommandant.«

Ich sehe durch die Maschen und weiß nicht, ob wirklich existiert, was ich sehe. Auf der anderen Seite des Zauns prescht ein weißer Hirsch vorüber. Mir fehlt waidmännische Erfahrung, aber dieses Tier beeindruckt mit einem Geweih, wie es sich Trophäensammler über dem Kamin wünschen. Ich reibe mir die Augen und verfolge, wie die streng riechende Erscheinung hinter einer Baracke entschwindet. Ich habe das Gefühl, der Wald wolle mit mir reden.

Vor dem Kasernentor weise ich mich aus, und der blau gekleidete Wachmann öffnet die Schranke. Der Vorgang ist so militärisch wie eine Fahrkartenkontrolle. Das Nicken des Mannes und seine ausführliche Wegbeschreibung kommen mir verdächtig freundlich vor. Ich weiß um die Unsinnigkeit dieses Gedankens, aber mein flatterndes Herz sucht die Falle. Mit einem Misstrauen, das sich bemerkbar macht wie ein amputiertes Bein, rolle ich vor den Sitz des Standortältesten.

Es ist nicht meine Baracke, aber derselbe Gebäudetyp.

Alles ist menschenleer.

Der Standortälteste trägt Schnürstiefel und Tarnanzug. Er hat ein volles Gesicht und einen Ring im Ohr. Ich bin auf alles vorbereitet, aber nicht auf dieses Faktotum, das ins Nebenzimmer eilt, um Kaffee zu kochen, einen Kasernenplan ausdruckt und mir Tourismusbroschüren schenkt. Es kommt mir vor, als würde ich mich in einem evakuierten Zoo befinden, in dem ein letzter Affe für Besucher Männchen macht.

Mit den Worten »Wir haben nichts zu verbergen« wird mir der Plan überreicht. Ich kann den Ohrring nicht ignorieren. Das Ding glitzert wie die Quintessenz meines Staunens. Sich Kern damit vorzustellen, ist undenkbar.

Dieser Knüppler neuen Typus bekennt, aus Hannover zu stammen und dass er sich nicht mehr vorstellen könnte, Eggesin zu verlassen.

»Waren Sie schon einmal hier?«

Die Frage muss harmlos gemeint sein. Bisher plauderten wir über Organisatorisches und Armeevorhaben, das Terrain nicht nur an Autofirmen abzutreten, sondern auch der Champignonzucht nutzbar zu machen. Teile des Areals will man zudem für Häuserkampf-Übungen verfallen lassen.

»Wie kommen Sie darauf, dass ich hier gewesen sein könnte?«

Ich muss dies fragen. Der Standortälteste ist jemand, dem man sich anvertraut, um ihn nie wieder zu sehen. Er mustert mich.

»Hier tauchen oft ehemalige NVA-Soldaten auf. Sie stehen am Tor und wollen rein.«

»Wollen rein?«

»Sie warten dort draußen und rütteln am Zaun.«

»Und?«

»Ich kann nicht jeden reinlassen. Aber man ist kein Unmensch.«

»Wie meinen Sie das?«

»Vor ein paar Wochen rief die Torwache an. Jemand wollte mich sprechen. Ich bekam einen winselnden Menschen an den Apparat, der verlangte, durchgelassen zu werden. So geht das aber nicht, sagte ich. Dann war seine Frau dran. Sie bitte mich inständig, ihr Gatte heule Rotz und Wasser, müsse mit etwas abschließen. Ich habe die beiden abgeholt und begleitet.«

»Wo wollte der Mann hin?«

»Auf das Gelände der ehemaligen Unteroffiziersschule.«

Ich muss raus zur Toilette. Auf dem Gang realisiere ich, wo ich mich befinde. In den dicken Wänden, so kommt es mir vor (ja, in den Wänden!), stehen gepanzerte Fahrzeuge mit laufendem Motor, eines neben dem anderen. Manche haben Ketten wie Reißzähne, andere ähneln schlafenden Elefanten. Dazwischen wuseln ölverschmierte Gestalten in Schwarzkombis.

Ich öffne eine Tür und befinde mich in einem Damen-WC. Weiße Kacheln mit Zierstreifen, Duschkabinen, ein Bidet von Villeroy und Boch. Ich betaste Wasserhähne, stelle mir Soldatinnen vor und gedenke der abmontierten Steinwannen, die aussahen wie Viehtränken.

Im Nachbarraum stoße ich auf eine Stiefelputzmaschine. Nicht im Traum hätte ich solch eine Apparatur für möglich gehalten. Aber das in ein gekacheltes Podest eingelassene Arrangement aus Bürsten und Sprühköpfen spricht eine eindeutige Sprache. Die Stille und Fremdheit des Raumes tun gut. Ich bringe das Bürstenungetüm auf Touren und lasse mir die Sohlen mit warmem Wasser putzen. Wahrscheinlich sind Surren und Plätschern die Geräusche des nächsten Krieges. Ich starre auf die Maschine und würde gern einen zentralen, erlösenden Gedanken fassen. Aber es jagt mich in Vergleiche. Mir fallen Manöver wie ›Waffenbrüderschaft‹ oder ›Schneeflocke‹ ein, und ich denke an das Komfortgefälle von damals. Polnische Soldaten bekamen als Nachspeise im Feld Pudding mit Vanillesauce. Bei den Russen musste ein Teil der Truppe schießen, während der andere unter den Schüssen hindurchkroch.

»Soll ich Ihnen ein paar andere Schlüssel mitgeben?«, bietet der Standortälteste an. Wir stehen vor einer Wand mit nummerierten Haken.

»Der für den Gefechtspark reicht mir.«

»Wie Sie wollen. Ich bin bis zum Nachmittag im Büro. Sie können es sich gern anders überlegen. Ansonsten werfen Sie den Schlüssel in den Briefkasten.«

Steif überquere ich den verwilderten Appellplatz. Ich vermeide bestimmte Blicke und begebe mich zu den Hallen. Ich fühle mich ausgelaugt, den Dimensionen des Besuchs nicht gewachsen. Der Bittsteller vom Kasernentor schleicht durch meine Gedanken. Bruder im Geiste. Umständlich schließe ich das Parktor auf, krame die Konzeption aus der Tasche. Jede Bewegung kostet Kraft wie in fünftausend Meter Höhe.

Vor der ersten Panzerhalle knicke ich ein und muss kauern und mich sammeln. Die Tränen des unbekannten Kasernenhysterikers rinnen über den Beton und fragen, warum ich nicht weine. Warum Kern lebt und es ihm gut geht.

Kontrolliertes Atmen beruhigt. Ich registriere die Ausmaße der Hallen, die solide Bausubstanz, die Ausrichtung nach Süden. Bei dieser Raumhöhe ließe sich bequem eine Zwischendecke einziehen. An den Wänden türmen sich Dieselkanister und Kästen mit Putzwolle, als sollte unterstrichen werden, wie sehr der Ort auf Fahrzeuge wartet.

Ich werfe den Schlüssel in den Kasten und fahre zum Autohaus. Die Straße ist fast einen Kilometer lang. Der Wind kann in der Leere jagen wie ein Raubvogel. Vor dem Knüpplerheim liegen umgeworfene Abfalltonnen. Plastiktüten flattern. Papierfetzen wirbeln durch die Luft.

Wohin sind die Krähenschwärme verschwunden, die ganze Pappeln schwarz färben konnten? Ihr Krächzen war das Hintergrundgeräusch der Arena. Fliegende Ratten, fluchten manche. Andere zeichneten sie oder verfassten Gedichte. In ihrem Lauern glichen die Krähen den Wildschweinen, die in der Dämmerung gegen die Kaserne anrannten und bei den Müllhäusern grunzten und quiekten. Tiere illustrierten die Angst, in der Luft und auf der Erde. Hätte sich vor der Kaserne ein Meer befunden, wären Haie darin geschwommen.

Ich erinnere mich an eine Nachtwache im Winter, an einem Panzerschießstand irgendwo draußen: eine verschlossene Halle, ein einzeln stehender Baum, den ich gegen die Kälte umrundete, ansonsten verschneite Weite.

Als die Schweine kamen, kletterte ich auf den Baum und war froh über die Waffe. Die Rotte umkreiste meinen Hochsitz. Ich ließ die Beine baumeln, schrie »Haut ab!« und lud durch.

Nelli brachte die Waldgeister zum Tanzen. Sie versuchte, unsere Sinne für das sagenumwobene, aber auch das praktische Davor zu wecken.

Der Grund, auf dem sich die Kaserne befand, gehörte ursprünglich Teerschwelern. Im Namen der benachbarten Siedlung klingt es an: Teerofen. Nelli erklärte uns, wie man schwelte. Als junges Mädchen hatte sie ihrem Großvater – dem letzten seiner Zunft in dieser Gegend, wie sie stolz kundtat – bei der Arbeit zugesehen. Sorgfältig zeichnete sie den Ofen. Schichtete im Innern Baumstücke auf, vermauerte die Öffnung und erhitzte den Stapel mehrere Tage. Wie es funktionierte, habe ich vergessen oder schon damals nicht begriffen, aber dass schließlich Teer hervorquoll und mit »dunklem Strahl« in Eichenkoben aufgefangen wurde, höre ich sie sagen.

Mein Handy klingelt. ›Gudrun‹ blinkt auf dem Display.

»Stefan?«

»Schön, dich zu hören!«

»Sag mal, hast du das Kinderkonto eröffnet?«

»Wie bitte?«

»Ob du dieses Konto für Manuel eröffnet hast?«

»Hast du sie noch alle? Es ist nicht mal zwölf Uhr. Ich arbeite.«

»Was machst du gerade?«

»Ich bin auf dem Weg zu diesem Autosalon in der Kaserne.«

»Beruhige dich bitte.«

»Wie soll das gehen? Das Konto geht mir gerade derartig am Arsch vorbei.«

»Das sollte es aber n–«

Luft durch die Nase saugend, lege ich auf.

Diese verkappten Hinweise bringen mich zum Kochen. Ich weiß, was Gudrun sagen möchte. Sie sagte es oft genug. Dass sie nie verstanden hätte, warum ich mich noch schwertäte. Es wäre fast ein Vierteljahrhundert her. Irgendwann müsste man erwachsen werden, Verantwortung übernehmen, Entscheidungen treffen. Irgendwann wäre die schlimmste Erfahrung nur eins von vielen Details des eigenen Lebens. Ihre Mutter hätte immer gesagt, dass bis zur Hochzeit alles gut würde. Wenn die kleine Gudrun mit dem Fahrrad wieder die Kurve nicht bekommen hätte und an der Hauswand entlangschabte, wenn sie herzzerreißend weinte und die Schürfwunde in dünnen Fäden blutete, hätte ihre Mutter gefordert: »Aufstehen! Abputzen! Weitermachen!« Und nach ein paar Tagen sei der Unfall vergessen gewesen. Der Schmerz wäre verblasst und verflossen wie ein Häufchen Sand im Platzregen. Wie eine Kleckerburg am Strand, die der Brandung nicht standhalten könnte.

Ich biege auf den Hof von Mecklenburg-Vorpommerns schönstem Autohaus, und es klingelt erneut.

»Hallo, Gudrun. Erzähl mir, was ich wissen muss.«

»Es ist ein Kinderkonto. Für deinen Sohn. Es heißt: *Jeanssparbuch*. Ich konnte es nicht eröffnen, weil sie dafür deine Unterschrift brauchen.«

»Deine nicht?«

»Nein, meine nicht. Das musst du erledigen. Vielleicht erinnerst du dich, Manuel trägt deinen Nachnamen.«

»Wozu braucht er überhaupt ein Konto? Er ist sechs Jahre alt.«

»Er soll lernen, mit Geld umzugehen. Er bekommt Taschengeld. Warum soll er nicht selbst abheben?«

»Kann man das nicht online einrichten?«

»Stefan, dann hätte ich es getan. Die Bank besteht auf deiner Unterschrift.«

Dass Manuel meinen Nachnamen trägt, war Gudruns Geschenk zur Geburt.

Wenn Manuel mein Sohn ist, wozu bedarf es der Symbole?

Ich bleibe im Auto, greife nach dem Packen in der Aktentasche und vertiefe mich in Gudruns Version. Unfassbar, dass ich das nach all den Jahren zum ersten Mal lese. Ich hätte es früher tun sollen, aber befand ich mich schon einmal auf ehemaligem Kasernengelände und zugleich in einem Faraday'schen Käfig?

Der Brief, mit dem ich beginne, stammt aus dem dicksten Stapel, der von einem roten Einweckgummi zusammengehalten wird. Adressiert ist er an Dr. Sabine Groß, ihre damalige Therapeutin. Gudrun hatte sich später alle Briefe zurückgeben lassen.

»Liebe Sabine,
um Deine Frage gleich zu beantworten. Ja! Diese Beziehung war von Beginn an extrem schwierig, und ich hätte nie geglaubt, dass wir durchhalten.
In der ersten Zeit nach Viktors Tod war Stefan auf eine Weise unzurechnungsfähig, dass ich mich fürchtete.

Ich kannte ihn kaum. Er war der Kamerad meines toten Verlobten, sein Zimmergenosse, den ich vor dem schrecklichen Ereignis zweimal getroffen hatte. Viktor erzählte in den ersten Wochen seiner Dienstzeit immer von seinem Stefan, als ob er ihn aus Kindertagen kennen würde. Für mich hörte sich das nach Schwärmerei an. Ich konnte das nie einordnen. Viktor war keinesfalls schwul, weiß Gott nicht. Auch Stefan wirkte aus den Erzählungen nicht so. Aber ich hatte schon die verrücktesten Geschichten gehört, was mit Männern passieren kann, die wochenlang nur mit Männern zusammen sind. Wenn Viktor vom Soldatenleben erzählte, hatte ich oft das Bild eines Hühnerstalls vor Augen. Ich sah die jungen Männer nebeneinandersitzen, auf Stangen, dicht bei dicht. Manche versuchten, andere von ihren Plätzen zu drängen. Einige pressten sich in die Ecken. Wenn der Hahn den Stall betrat, herrschte bösartige Stille. Mit den Köpfen zuckend, belauerten sie sich gegenseitig. All diese aufeinanderhockenden Hahnenkammträger waren auf eine Art auch lustig. Verkrampft lustig. Wenn ich Viktor bei seinen Erzählungen in die Augen sah, waren sie, auch bei den wildesten Kamellen, nicht fröhlich, so wie ich sie kannte aus der Zeit davor, wenn er auf dem Schulhof mit seinem selbst gebauten Fahrrad wie zufällig Kunststücke zeigte, um uns Mädchen zu beeindrucken. Wenn ich ihn da oben in Eggesin besuchte und nach vierzehn Stunden und viermaligem Umsteigen mit ihm in der einzigen Kneipe des Ortes saß, saßen wir dort mit anderen jungen Männern. Sie grölten und versuchten sich mit Geschichten abgedrehter Schweinereien, die sie

in der Kaserne, auf langen Märschen oder beim Küchendienst angeblich vollbracht hatten, gegenseitig zu übertrumpfen. Und ihre Augen waren immer klein. Sie verhielten sich wirklich wie Hühner.
In so einer Kneipe begegnete ich Stefan das erste Mal. Vierzehn Wochen, nachdem Viktor eingezogen wurde. Das waren achtundneunzig Tage. Und die beiden waren nicht eine Stunde ohneeinander gewesen. Diese vierzehn Wochen hatten eine Erlebnisdichte von vierzehn Jahren. Viktor hatte mir beschrieben, wie die Betten verteilt waren, wie der Raum in ihrer Baracke aussah, wo er und wo Stefan schliefen und was für Angewohnheiten Stefan hatte, wenn morgens um fünf vor sechs eine gellende Trillerpfeife die Stille zerriss. Eine Stille, die angefüllt war mit Schnarchen, Stöhnen, langen und kurzen Furzen, im Schlaf brabbelnden oder redenden Stimmen, mit einzelnen spitzen Schreien oder langen, verwirrten Erzählungen, mit dem Quietschen der Bettfedern und dem miefigen Geruch, der so säuerlich und intensiv war, dass er nicht nur in der Nase brannte, sondern Schmerzen bis hinauf in die Ohren verursachte. Es gab keinen Sternenhimmel, der durch die Fenster scheinen konnte, keinen Mond, den man anheulen konnte, keine aufgehende Sonne am Morgen. Ab Einbrechen der Dunkelheit waren die Fenster auf Befehl geschlossen zu halten. Wie im Krieg musste Verdunkelung hergestellt werden. Verdunkelung. Ich versuchte mir manchmal vorzustellen, wie es wäre, wenn meine Mutter in mein Zimmer käme und mich anbrüllte: »Stellen Sie die Verdunkelung her!« Ich hätte sie gefragt, wann sie das letzte Mal beim Arzt gewesen wäre. Verdunkelung.

Stefan saß mir gegenüber an dem massiven Holztisch dieser Kneipe in Eggesin. Viktor saß neben mir und spielte die ganze Zeit unter dem Tisch an meinem Knie und Oberschenkel herum und hatte eine kindische Freude daran, mir überraschend zwischen die Beine zu fassen. Er wollte wohl immer, dass ich kurz aufjuchze. Als wir später noch eine knappe Stunde allein waren und uns zehn Meter neben der Straße zur Kaserne auf feuchtem Moos und pikenden Ästen wälzten, versagte er wie ein Pennäler beim ersten Mal. Ich versuchte, ihn aufzumuntern, es wäre doch nicht so schlimm. Aber er schluchzte wie ein kleiner Junge, dem man sein Lieblingsspielzeug weggenommen hatte.

Aber schon auf dem Weg zum Kasernentor war er wieder wie aufgeputscht und plusterte sich auf, als müsse er einen Saal mit tausend Leuten zum Lachen bringen. Ein Fremder lief da neben mir.

Bei seinem ersten Urlaub brachte er Stefan mit. Beide waren sternhagelvoll und krakeelten schon im Treppenhaus. Im Flur meiner kleinen Wohnung fiel Stefan der Länge nach hin und blieb dort liegen, bis ich am Morgen auf dem Weg zur Toilette über ihn stolperte und er mich mit einem unglaublichen Reflex auffing. Ich war schwanger und wäre unausweichlich auf die kleine Schuhkommode gefallen. Er fing mich mit dem rechten Arm über der Brust. Seine Hand packte mich wie der Greifarm eines Roboters. Es war ihm unglaublich peinlich. Nicht etwa, dass er besoffen in meinem Flur lag oder mich zu Fall gebracht hatte, nein, dass er meine Brust berührt hatte. Das machte ihn so sehr verlegen, dass er mir beim Frühstück am Sonntagmorgen nie in die Augen sah. Viktor bekam davon gar nichts mit. Ich erinnere mich, dass Viktor bei diesem Frühstück seltsam glückselig, fast dümmlich auf den Küchentisch starrte und murmelte: »Hier bin ich in Sicherheit.«

Ich lese das und sitze wieder am Küchentisch in Gudruns erster Wohnung. Die Seiten sinken auf meinen Schoß. Das Beschriebene ist ein Geflecht, das nichts von seiner brutalen Kraft eingebüßt hat.

Eine Woche nach Viktors Tod traf ich Gudrun auf dem Besucherparkplatz der Kaserne. Ein Häufchen Elend kauerte hinter dem Steuer eines Trabants. Da sie nicht ausstieg, stieg ich ein. Wir fielen uns in die Arme, weinten und wischten uns gegenseitig die Tränen ab. Das war so natürlich wie kompliziert. Manchmal möchte ich die Zeit zurückstellen und erneut auf diesen Parkplatz kommen.

Ich würde vor dem Auto warten, bis sie ausgestiegen wäre. Wir könnten uns steif die Hände reichen. Keine fieberhafte Nähe, keine aneinandergepressten Schenkel, keine atemberaubenden Haarsträhnen, keine perlmuttartig glänzenden Fingernägel, keine wild wandernden Blicke. Statt ins Fickhotel wären wir ins *Haus der Armee* geschlendert. Dort hätte ich sie Nelli überlassen. Nelli an der Garderobe hätte von Frau zu Frau Trost gespendet. Keine Erektionen, keine den Schmerz betäubende Geilheit. Nelli hätte Dinge gesagt, mit denen Gudrun nicht viel hätte anfangen können. Nelli hätte aufgeklärt über die Schicksalshasen mit den drei Beinen, die schon Wochen zuvor böse Haken geschlagen hatten, von Silbertalern (möglichst Erbstücken) gesprochen, die man gegen dunkle Gedanken stets dabeihaben müsste, und ungesalzene Butter auf der Haut empfohlen. In den Tagen der Seelennot gäbe es nichts Wirkungsvolleres.

Nelli hätte einfach ihr Programm abgespult und Gudrun dem nicht wirklich zugehört, sondern sich den Altweiberhänden überlassen. Harmloser Trost wäre das gewesen, statt der Liebestollheit, zu der das trauervolle Entgegenkommen mich verleitet hatte.

In einem Traum, den ich seit Jahren träume, spazieren Manuel, Gudrun und ich auf einer Mole ins Meer hinein. Manuel angelt und erwischt einen imposanten Fisch. Glänzend zappelt er am Haken. Er hält das Gerät hoch und jubelt, will den Fang auch Gudrun zeigen. Aber sie geht weiter, kehrt dem ihr nacheilenden Sohn den Rücken zu.

Was sie hart gemacht hat (und mich weich), ist die Tatsache, dass sie zwei Tode verwinden musste. Ich kann mir nicht vorstellen, wie es ist, ein Kind kurz nach der Geburt zu verlieren. Ich will es auch nicht, bin aber dazu gezwungen. In den ersten Monaten hatte sie mich in die Muschel mitgenommen. (Lege ein Ohr an die Öffnung, und du hörst die Verzweiflung rauschen.)

Einmal beschrieb sie mir die Reaktion einer Kollegin, die zur Fortbildung ein halbes Jahr weg gewesen war.

»Wie geht's deinem Baby? Warum bist du überhaupt schon zurück?«, fragte sie Gudrun beim Mittagessen.

»Manuela ist nach zwei Tagen gestorben. Flüssigkeitsansammlungen im Lungenbereich, Sauerstoffmangel. Es war besser so.«

Der Kollegin sank die Gabel in den Teller.

»Das tut mit leid«, stammelte sie.

Gudrun musste sie in den Arm nehmen.

Was hatte ich ihr von Viktors Tod erzählt? Ich hatte gesagt, dass es schnell gegangen sein muss, dass er Tabletten genommen hatte, dass Alkohol im Spiel war und dass er nicht viel gemerkt haben kann. Mutmaßungen, Ausflüchte.

Nachdem ich versetzt worden war und alle fünf bis sechs Wochen Urlaub bekam, zog ich bei Gudrun ein. Für meine Urlaube schlossen wir einen Pakt. Wenn sie Dienst hatte und früh ins Krankenhaus fuhr, sollte ich versuchen, die Umstände von Viktors Tod aufzuschreiben.

Es lief miserabel, ich bin Tagebuchschreiber, kein Schriftsteller. Mir blieb schleierhaft, warum beim bloßen Protokollieren so große Lücken aufrissen. Neunzehnhundertachtundachtzig fühlte ich mich wie ein Davongekommener. Satz für Satz kroch ich durch die Beschreibungshölle. Trank Kaffee, hörte Geräusche im Treppenhaus und floh am Nachmittag in den Park.

Gudrun wollte Erklärungen. Weshalb hatten Kern und seine Leute von mir abgelassen? Weshalb hatten die Angriffe irgendwann nur noch Viktor gegolten?

Ich erzählte Gudrun nicht alles. Wenn sie in ihrer Zweizimmerwohnung auf dem Teppich lag und für mich die Kassette öffnete, in der sie persönliche Dinge verwahrte, dann sagte ich nicht, dass ich manches längst kannte.

Ich verschwieg, dass Viktor mir das Foto gezeigt hatte, auf dem sie im Kostüm des Tanzensembles posierte (dunkler Minirock, weiße Rüschenbluse). Ebenso verheimlichte ich, dass ich auch das zweite Porträt von ihr als Volkstänzerin kannte, auf dem ihre Brüste freilagen und der Minirock hochgezogen war. Hat sie eine Ahnung von der Nähe, die zwischen kasernierten Männern aufkommen kann? Ich kann es selbst kaum glauben, aber den Stolz auf Aktfotos oder per Post eingegangene Schamhaarbüschel der Freundin hat es gegeben. Ich schilderte ihr nächtliche Wichsorgien, die man unappetitlich finden konnte, aber der angeblich mit dem Triebblocker Hängolin versetzte Kantinentee entfaltete nie die ihm nachgesagte Wirkung.

Amüsiert hielt Gudrun mir ihre fotografierten Brüste vor die Nase, und ich suchte nach Worten.

Das Beste wäre gewesen, es ihr zu sagen, aber wir wateten in Viktors Erbe. Wenn wir miteinander schliefen, glaubte ich den Toten an ihr riechen zu können. Wenn es an der Tür klingelte, schrak ich zusammen. Ich konnte den Gedanken, Viktor zu betrügen, nicht abschütteln und antwortete auf die Frage, wie ihr Nacktfoto auf mich wirkte, mit einem ausweichenden Kompliment.

Ich hätte gestehen sollen, dass Viktor vor Begeisterung nicht anders gekonnt hatte, als mir die Aufnahme zu zeigen, hätte schildern können, wie wir begonnen hatten, uns über ihre Brustwarzen auszutauschen, über die Beschaffenheit der Bereiche darunter. Viktor hatte mir das Bild nicht etwa geborgt, sondern ich hatte beobachtet, wo er es versteckte (in einer Folie im Essfach). Für einsame Schäferstündchen nahm ich es mehrfach an mich.

Das wäre die Wahrheit gewesen, mit der sich Gudrun eventuell hätte anfreunden können, die ihr womöglich geschmeichelt hätte. Immerhin war sie, als wir uns näherkamen, schon meine virtuelle Geliebte.

Doch ich zauderte und konnte nicht einschätzen, wie sie auf solche Details reagierte.

X

9 h vor dem Schuss
Ingo Kern passiert eine Raststätte

Neben der Raststätte halte ich an und sehe über die Felder. Am Horizont läuft eine Reihe Alleebäume quer, schmale Stämme mit zerzausten Ästen. Es wirkt, als hätte jemand Reisigbesen in die Erde gesteckt.

Am Ende des Parkplatzes, wo sich ein Graben mit Abfällen und Regenwasser füllt, steige ich aus. Ich kenne das Panorama bei Schnee. Dann blendet es so stark, dass man eine Sonnenbrille braucht. Ich war hier, als Mähdrescher durch die Schläge rollten, und auch, als der leere Acker von endlosen Bahnen durchfurcht dalag. Aber mich führt nicht der Blick auf den Wechsel der Jahreszeiten her, sondern das Scheuern eines Fiberglas-Stückchens in meiner Jacketttasche. Ich werfe es zwischen schmierige Tetrapaks und zersprungene Flaschen.

Da öffnet sich die Tür zum Restaurant. Ein Mann in Badelatschen schlurft zu seinem Truck und hievt sich in die Kabine. Wahrscheinlich nimmt er an, dass ich pinkele oder telefoniere, wenn er mich überhaupt bemerkt hat. Was würde er davon halten, dass ich ICE-Teile in die Landschaft streue? Wie würde er reagieren, wenn ich es zu erklären versuchte?

Vor dem Restaurant flattern Fahnen mit dem Logo der Betreiberkette. Ich habe keine Lust hinaufzusehen.

Eigentlich müsste ich dem Truck hinterher und auf die Autobahn. Aber hier stehe ich. Und der Sender in meinem Kopf kennt nur ein Programm.

Der oben am Mast flatternde Tote heißt Melander. Viktor Melander. Das ist sein Name. Und sein Freund, der mich vor ein paar Jahren hierhergelockt hat, »damit wir uns aussprechen«, hieß Brenner. Wenn ich die Raststätte ansehe, kriecht mir sein Geruch nach Old Spice in die Nase. Als wäre ich ein Fährtenhund, mit einem Endlosspeicher für Prägungen, von denen ich nichts habe. Wut steigt hoch, dass ich mich überhaupt darauf einließ. Dass Solveig meine Telefonnummer herausgab. Dass ich so dumm war, diese Tür zu öffnen.

Kreuzt auf und will mich zum Mörder stempeln!

Das Feld ist nicht völlig eben. In einiger Entfernung erhebt sich links ein Hügel, auf dem sich etwas befindet.

Jedes Mal rätsele ich, was es sein könnte. Ein Baumstumpf oder ein Stein, und dann denke ich, es hat etwas Geducktes, Kauerndes, in die Arbeit Vertieftes, und es erinnert mich an Mutter. Mutter beim Spargelstechen im Garten. Sie hockt neben ihrem Lieblingsgemüse, sticht und buddelt die Stangen mit ihren rissigen Schaufelradhänden aus dem Damm und bittet: »Ingo, hilf mir mal!«

Ich stecke den Katapult unters Hemd und schleppe den ersten Korb in unsere Waschküche. Mutter sagt nicht viel, registriert aber eine Menge. Wenn sie wirklich diese Wölbung auf dem Hügel ist, hat sie mich längst entdeckt. Mit ihren übereinandergezogenen Röcken und der Schürze robbt sie vorwärts.

»Jungchen!«, ruft sie übers Feld, »musste das sein? Der Fredo war ein lieber Hund!«

Wir sind mitten in ihrem Thema. Wie konnte ich Fredo zur Weißglut bringen? Warum nahm ich ihm die Futterschale weg und ließ mich durch Haus und Garten hetzen, als gäbe es kein Morgen?

»Ich kämpfe für mein Leben gern. Hinterher tut es mir manchmal leid!«, gebe ich zurück. Ich versuche zu erklären, wie mich Fredos Ungehorsam erboste. Wir waren in der Scheune, und er sollte Kommandos ausführen, so war es ausgemacht. Aber er wollte nicht. Also packte ich ihn im Genick und schlug mit der Faust, bis er sich losriss. Der Moment brannte sich ein. Jaulend taumelte er weg und verkroch sich unter Fahrrädern und Schlitten. Und dort, irren Blickes, erleichterte er sich.

Lang anhaltender Geruch nach Urin in der Scheune. Das, Mutter, bin ich.

Das Treffen mit Brenner ging schief, musste schiefgehen. Ich wusste es bei der Begrüßung. Man konnte sehen, wie es in ihm arbeitete, wie er sich fragte, ob er mir überhaupt die Hand geben könnte. Brenner wollte Klarheit. Er packte seinen Stabilbaukasten von gut und böse aus, um ihn mir vorzuführen. Armer Irrer! Am liebsten hätte er zugeschlagen.

Warum hat er nicht?

Der Gastraum war an diesem späten Nachmittag wie ausgestorben. Brenner zitterte vor Aufregung. Als er anfing, mir Vorwürfe zu machen von wegen moralischer Verantwortung für Unterstellte, da fragte ich nicht zurück, wie er sich erklären würde, dass ich gekommen sei. Sachlich legte ich meine damaligen Motive dar, aber er hörte nicht zu.

Das war in einem Maße *kein* Gespräch, dass ich behaupten möchte, wir haben uns nie getroffen. Von den realen Umständen, vom Druck, der auch auf Offizieren lastete, wusste Brenner nichts, und er wollte es auch nicht wissen. Die Konstellation war dieselbe geblieben. Auch mein Unwille von damals tauchte wieder auf, mich vor einem Söhnchen der Nomenklatura rechtfertigen zu müssen. Schlauheit und auftrumpfende Sicherheit in diesem Lager schienen mir immer ererbt, nicht sauer verdient.

Ist das mein proletarischer Stachel?

Für Brenner war es jedenfalls Mord. Was willst du mit so jemandem reden?

Trotzdem redeten wir. Mehr als eine Stunde lang. Er gab sogar zu, dass Melander mich damals erpressen wollte, um Urlaub zu bekommen. Angeblich hatte ich für den Titel ›Beste Einheit‹, der Prämien und Prestige bedeutete, die Schießergebnisse der Kompanie gefälscht.

Auf diese Diskussion ließ ich mich nicht ein.

Von heute aus betrachtet war Melander eine Nervensäge, aber kein schlechter Kerl. Unter anderen Umständen, mit mehr Zeit, hätten wir uns kennen lernen können, womöglich geschätzt. Nachdem er laut »Hier!« gerufen hatte, ertrug er es nicht, dass die Daumenschrauben angezogen wurden. Ich erinnere mich, wie er unseren zugegeben etwas einfältigen Politoffizier mit ironischen Kommentaren zur Überlegenheit des Sozialismus in die Enge trieb. Im bald danach aufgespürten Tagebuch fanden sich seitenlange Passagen, in denen er sich über den Parteisoldaten lustig machte. Was hätte ich tun sollen? Wo wären wir gelandet, wenn jeder ins humanistische Horn hätte blasen dürfen? Niemand konnte ahnen, dass er nicht einstecken konnte!

Brenner war das bei unserer Unterredung nicht beizubringen, aber an dem Morgen, als wir seinen Freund fanden, habe ich mich verflucht.

An die Umstände erinnere ich mich genau. Der 28. März war ein Dienstag. Um 6.10 Uhr betrat ich den Kompanieflur. Zunächst ließ ich den schon am Telefon vor Aufregung oder Angst schlotternden Wachhabenden ablösen. Dann ging ich in den Waschraum, schloss hinter mir die Tür und besah, was es zu sehen gab.

Die Szene hat sich eingebrannt.

Melander kniete vornübergebeugt mit dem Rücken zur Heizung. Er hatte sich eine nasse, mit einem Heizungsrohr verbundene Trainingshose um den Hals gewunden und sich offenbar mit aller Kraft dagegengestemmt. Hier war kein Todeswunsch am Werk gewesen, sondern Todeswille.

Mir war klar, dass dieser Akt gegen mich gerichtet war. Der Kerl wollte es mir heimzahlen, Rache nehmen für Monate des Kampfes und am Ende, seinem Ende, den Sieg einstreichen.

Abgesehen von diesem heimtückischen Verhalten, das ich nicht anders konnte als eine letzte Belästigung anzusehen, gewann der Tote während der Minuten, die ich mit ihm im Waschraum verbrachte, meinen Respekt. Ich rekonstruierte die Vorgehensweise und musste anerkennen, dass sich Melander nicht einfach zugedröhnt und an irgendeinem Haken hängend das Genick gebrochen hatte. Nein, dieser Verrückte hatte quasi seinen Atmungsdrang unterdrückt und sich mit ungeheurer Selbstüberwindung gegen die eigenen Instinkte gestellt. Das war eine Leistung, die ich ihm nicht zugetraut hätte!

Später, bei der Durchsuchung seines Spindes, fanden wir stapelweise Vitamintabletten. Das war ein Detail, das eher ins Bild passte – ein realitätsfernes, sich selbst und der Gesellschaft entfremdetes Individuum baut auf Tabletten statt die gesunde, direkte Lösung. Aber sein Abgang, der die Einheit schockierte und einen normalen militärischen Ablauf zeitweilig unmöglich machte, schien mir als Ausdruck äußerster Selbstkontrolle beachtlich!

Machen wir uns nichts vor: Für den nach Klärung hungernden Brenner und mich ist der Zug abgefahren. Da gibt es kein Pardon, kein Händchenhalten am Grab. Als er einen Job in der Autobranche andeutete, habe ich noch versucht, eine Brücke zu schlagen. Ihn als Experten, dachte ich, könnte es interessieren, wie ich mir das ideale Autohaus denke mit einem Abfertigungssystem für die unterschiedlichen Kundenklassen wie am Flughafen. Ich wagte anzudeuten, dass wir als Geschäftsleute, die ständig im Auto unterwegs seien, um einige Gemeinsamkeiten nicht herumkämen, und gestand, wie sehr ich es schätzen würde, wenn nach Terminen die Autotür mit einem Plopp hinter mir zufiele. Ruhe. Auch die Möglichkeit, im Wagen frei und kabellos zu telefonieren, sei großartig, aber offenbar wüssten die Ingenieure nicht genug über den Alltag von Dienstreisenden. Wie ginge es Brenner damit – mein Diensthandy liefe zwar über Bluetooth, aber Gespräche am Privathandy müsste ich wegen der in den Autos fehlenden zweiten Schnittstelle weiter mit dem Apparat am Ohr führen?!

Brenner sah mich an wie einen Zombie.

In gewisser Weise bin ich das vielleicht auch.

Nach einer Beförderung in Mainz landete ich in einem Edelpuff. Der Laden war so diskret, dass ich seine Bestimmung erst drinnen feststellte. Stuckdecken, mit rotem Samt ausgeschlagene Räume, üppige Kandelaber und eine Bar aus Salzquadern – ich war allein, und es gab etwas zu feiern.

Eine Mulattin sprach mich an. Sie saß auf dem Barhocker neben mir und fragte:

»Was machst du so?«

»Rate mal.«

»Das ist schwer. Ehrlich gesagt kann ich dich nicht einordnen.«

Sie beugte sich musternd zurück, wohl auch, um sich mir in ganzer Schönheit zu zeigen. Ich war umgezogen, trug Pullover und Jeans.

»Nimm an, ich wäre aus einer finanzaffinen Branche.«

»Aus einer was?«

Ihre Hand wanderte auf mein Knie. Das Wort finanzaffin hatte am Vortag einer der Trainees gebraucht.

Angeblich hieß sie Lola. Mein Blick strich über ihren gesalbten Körper, der in einem funkelnden Bikini steckte. Ich orderte teure Drinks und erkundigte mich, was man in ihrem Metier verdiene.

»Genug. Aber dafür gehen wir auch früher in Rente!«

Das Geplauder war angemessen spöttisch. Weder trank ich zu viel, noch war ich von Sinnen wegen der neuen Stelle. Menschen abzuschätzen, ist mein Beruf. Die Erinnerung an Busfahrten, bei denen ich als Schüler versucht hatte, hinter die Gesichter der Mitreisenden zu schauen und ihre Motive zu erfassen, passte nicht in diese Bar. Genau genommen passte ich nicht in diese Bar. Aber konnte ich nicht alles tun? Konnte ich mir nicht bei allem zusehen? Die Neugier hob mich an und entspannte. Ich fragte:

»Wie kommt man in diesen Beruf?«

Sie kicherte und tischte mir eine Geschichte über ihre krank dahinvegetierende marokkanische Mutter auf. Dabei entstand eine Nähe, ein Getätschel von Mensch zu Mensch, das mir deplatziert vorkam, ohne dass ich aufhören wollte, es zuzulassen.

Als sie fragte, ob ich mit ihr aufs Zimmer gehen wollte, äußerte ich Bedenken wegen versteckter Kameras.

Sie lachte.

»Bist du irre? Diskretion ist unser Geschäft.«

Ich begleitete sie nach oben. Mein Sexualtrieb ist nicht sonderlich groß. Um mit einer Frau schlafen zu können, brauche ich Verständnis, etwas wie geistigen Gleichklang.

Was dieses Mädchen mit mir anstellte, ging so schnell und routiniert, dass es mich aushebelte. Normalerweise bin ich mit Partnerinnen nie bis zum Erguss zusammen. So war es mit Solveig, und so ist es mit Karoline. Das Gewese um den Orgasmus stößt mich ab. Ich versuche, behilflich zu sein, aber mein entgleisendes Gesicht, das Anklammern und Stöhnen möchte ich selbst niemandem zumuten. Für das eigene Finale begebe ich mich gewöhnlich auf die Toilette. Dass ich dieser Prostituierten über den Bauch spritzte, worüber sie noch fröhlich lachte, machte mich zornig. Ich war kurz davor, sie zu schlagen, entschied mich dann aber für ein anderes Experiment.

Wir lagen auf dem Diwan, tranken den restlichen

Sekt, und ich begann, von Melanders Tod zu erzählen. Ich lieferte nicht etwa die ausführliche Version mit den relativierenden Begleitumständen. Ohne Umschweife behauptete ich, ihn ermordet zu haben.

Sie zuckte zusammen. Instinktiv begriff sie, dass das kein Scherz war, sondern ein gegen die Samtwand ihres Arbeitszimmers gedroschenes Geständnis.

Sie forderte mich zum Gehen auf.

Als ich verschwand, saß sie an der Bar und sprach mit einer Kollegin. Ihren aufgeregten Mundbewegungen glaubte ich das Wort Polizei zu entnehmen.

Seit elf Minuten stehe ich am Feldrand. Ein zweiter Truck fährt ab. Ich inhaliere Dieselruß, und die Sonne darüber rollt auf meine Zunge. Sie schmeckt nach nichts. Staub, Bäume und Müll, die Bestandteile des Panoramas, wehen heran, stauen sich im Rachen und knirschen zwischen den Zähnen.

Wie seltsam das ist. Mein Leben. Eine bestimmte Art, die Dinge zu sehen.

Ich sollte mich nicht lächerlich machen. Gründlich gurgeln, ausspucken und abhauen! Hat nicht jeder, der vorwärtsgeht, Dreck am Stecken? Bin ich Jesus? (Auf den Ausdruck ›Kill Jesus‹ stieß ich kürzlich in den Memoiren eines Vietnamkriegs-Veteranen.) Wenn ich so weitermache, wird hier in ein paar Jahren ein Berg aus Faserverbundstoffen aufragen. Ingo Kerns Büßerhügel. Die Sommerhitze wird das Zeug verschmelzen und zu einer glatten Sensation werden lassen, über die man sich den Kopf zerbricht wie über Schnee im Juni oder Kornkreise.

»Wachsen im strukturschwachen Mecklenburg-Vorpommern ICE-Buge aus der Erde? Experten nach Materialanalyse uneins.«

Eines Tages, pensioniert und weise, werde ich das Rätsel um die weißen Erhebungen bei Neubrandenburg lösen. Ich werde hingehen, mit Besuchern auf den höheren der beiden Gipfel steigen und verkünden, dass ich keine Selbstmorde mag. Es wird Nachforschungen und ein Verfahren gegen mich geben, aber nur aus bodenrechtlichen Gründen. Nach Protesten von Touristikverbänden sowie der Zusicherung, bis an mein Lebensende täglich Besichtigungstouren zu führen, bei denen ich über Schuld und Fiberglas spreche, wird man mich in Ruhe lassen, mir später sogar huldigen wollen. Ich werde das ablehnen.

Der große Berg wird Viktor, der kleine Fredo heißen. Halleluja.

Das Land bis zur Ostsee soll Mutter-Plateau genannt werden.

XI

8 h vor dem Schuss
Stefan Brenner inspiziert sich selbst

Manfred winkt mir hinter der Scheibe zu. Der Kies unter den Schritten knirscht, und ich sehe mich im Spiegelbild auf das Autohaus zugehen wie einen Lackaffen. Es wäre schön, hinter den Tannen des Parkplatzes verschwinden zu können. Und dann? Sechstausend Kilometer im Umkreis ritzen Flugzeuge ihre Unterschriften in den Himmel. In den Wind mischt sich Verkehrslärm, überall finden sich Reifenspuren, Zigarettenkippen, Getränkedosen, Ingenieursideen noch im Wuchs der Bäume. Selbst das abgeerntete Feld hat Augen – zwanzig Zentimeter hohe Glotzstrünke der menschlichen Existenz. Sich zurückzuziehen in Eremitage, es letztlich Viktor nachzutun auf einer abgelegenen Lichtung, macht keinen Sinn mehr, außer einen parodistischen.

Ich denke daran, wie ich mich habe einspinnen lassen, wie ich aufgestiegen bin in meinem Fach, als hätte Faulgas mich nach oben geblubbert. Ich berühre die Klinke zum Showroom, und die Kollegen in meinem Adressordner applaudieren. Ich möchte kotzen. Meinem Gönner in der Zentrale vor die Füße kotzen. Der kennt mich noch aus Zeiten, da ich selbst an den Autos herumschraubte. Ich weiß nicht, ob es das ist, was mir fehlt – schmutzige, ehrliche Arbeit, Dreck unter den Fingernägeln, Ölflecke bis auf die Unterwäsche.

Das Gefühl vollkommener Zufriedenheit bringe ich jedenfalls nur mit körperlicher Arbeit in Verbindung. Ich hadere mit den Zwischenlösungen, den versierten Stimmenthaltungen, die meine Chefs, ich selbst und die übrigen Kohorten sich auferlegen. Mir fällt ein, wie ich

a) als umgeschulter Mechaniker im Verkauf mit einem Mal keine Fehler mehr machen durfte, weil das Stangen Geld kostete, und wie mir diese Fehler natürlich passierten. Tiefes Durchatmen, keine Wochenenddienste mehr zu schieben, keine Autos mehr abstauben zu müssen. Im Überschwang der ersten Wochen bestellte ich einen Wagen mit Handschaltung statt Automatik, sodass der Kunde sich hinterher weigerte, das Auto zu kaufen. Ungeheurer Ärger, der mich schmunzeln lässt im Vergleich zu

b) Jahre später. Wie ich als Auditor und Koordinator für die neuen Bundesländer bei einem Empfang der Konzernspitze so blauäugig war, den Deutschlandchef zum Cocktailhäppchen darauf hinzuweisen, dass ehemalige Stasi-Leute in Führungspositionen mir ungeeignet schienen, den Osten mobil zu machen.

Ich erntete zunächst Schweigen. Eine glasierte Kirsche verschwand im berufenen Mund. Dann klärte man mich auf, dass in diesem Unternehmen (solange die Presse nichts davon erfuhr) alle Menschen Brüder wären.

Manfred ist in Hurrastimmung. Er erkundigt sich:

»Wie war's bei den Hallen?«

Hört aber kaum hin, als ich es ihm erkläre. Vielleicht ist das unser Geheimnis, Ignoranz. Wie viele Ehen scheitern am Timing des Wegsehens. Während er über Verträge berichtet, die von Kunden nicht unterschrieben wurden, und mir mit leuchtenden Augen die Panik von Klarmann II schildert, als er ihm das mitteilte, habe ich die Grenze unseres Einvernehmens vor mir wie eine Mauer. Dann fragte er: »Hast du Hunger? Vorn an der Straße soll es einen schnuckeligen Italiener geben.«

»Wer sagt das?«

»Ich kenne da jemanden aus *Jaguar*-Zeiten. Er ist gerade in der Gegend.«

Jaguar-Zeiten. Ich ahne, was mich erwartet, aber die Vorstellung muntert mich auf. Manfreds oberster Hemdknopf ist abgesprungen, ein Büschel Fäden hängt aus dem Stoff. Während er nach Formfehlern fahndet, studiere ich seinen Nacken. Der größte der Leberflecken ähnelt dem Umriss Australiens und erinnert mich, wahrscheinlich wegen der widerborstig aufragenden Haare, an einen Besuch in Manfreds Haus. Er hat es geerbt und modernisiert.

Beim Kaffeetrinken saß ich neben der vierjährigen Tochter.

»Weißt du, ein Auto ist teuer. Aber ein Haus auch. Und ein Zaun, sieh mal, da draußen, so einer, der ist auch teuer.«

»Du machst dir viele Gedanken«, erwiderte ich.

Manfreds Frau, eine Lehrerin mit Bubihaarschnitt, verbreitete sich über Heizungssysteme. Jeder Heizkörper – in Behausungen, überall auf der Welt – müsste separat regelbar sein. Das schuldeten wir der Umwelt. Gudrun gab zu verstehen, dass sie geringeren Verbrauch, mit anderen Worten Sparsamkeit, als Hauptantrieb der Neuerung ansah.

Die Harmonie der Kaffeetafel ging flöten.

Manfreds Frau sprach über ihren Verzicht auf Flugreisen. Seitdem sie sich die Armut in der Dritten Welt bewusst gemacht hätte, könnte sie keine Restaurants mehr besuchen.

»Man muss froh sein, dass Sie das Erbe nicht ausgeschlagen haben«, sagte Gudrun und lächelte.

Manfred hatte längst das Weite gesucht. Er stand auf der Leiter im Garten und beschnitt Apfelbäume.

»Ist nichts mit den Frauen«, seufzte er und reichte einen Ast herunter.

Mit Manfred und seinem Weggenossen sitze ich in der Trattoria La Strada. Die beiden essen ein toskanisches Linsengericht. Mich beschäftigt die Eingebung, Manfreds Kumpel würde mit frischen Kräutern wie eine Wurst schmecken. Der Gedanke, diesen freundlichen Dicken zu verspeisen, gleitet vorüber wie eine Mondfähre.

Über ihr Glück bei *Jaguar* haben die beiden viel zu erzählen. Ersatzteile, die nie passten. Schweißnähte, die gedengelt wurden. Herrliche, unzuverlässige Autos, denen ein Dasein als Zweit- oder Drittwagen zugedacht war.

Ich konzentriere mich auf meine Pasta mit Muscheln, aber die stark vasenhaltige Italien-Dekoration des Lokals scheint sich zu drehen und auseinanderbrechen zu wollen.

Ich frage mich, ob das der Ort ist, an dem die Knüppler aus der Siedlung hinter dem Sportplatz ihre Veteranentreffen abhalten, und ob sie sich nach solchen Feierlichkeiten gegenseitig stützen müssen.

Zwanzig Büttel liegen im Seitenaus des renovierten Stadions. Mann für Mann möchte ich ihnen ins Gesicht pissen, die Beschönigungen und Qualen zurückerstatten im Namen, ja im Namen wovon? Ist dies der Tag des Attentats? Bin ich der Kerl mit dem Kopfweh, das keine Tablette lindert?

Die Kollegen löffeln Linsen und ergeben sich ihrem Schmerz über die verlorenen Paradiese der Branche. Ich wusste nicht, wie sehr Manfred unter der vorherrschenden Zahlenhörigkeit leidet. Ungelebte Kundenbindung/der Irrsinn der Regularien/die Budgetierung in Konzernen – der Reihe nach wird alles angeprangert:

»In den Chefetagen interessiert man sich nur für Marktanteile. Die wissen nicht einmal, was ein Auto kostet.«

»Wie diese Politiker, die vergessen haben, wie teuer ein Stück Butter ist«, bestätigt der Dicke.

Sie bestellen Espresso und Tiramisu.

Ich möchte Gudrun anrufen. Soll sie vom Kinderkonto faseln oder Einkaufslisten diktieren. Ich sehne mich nach dem, wovon sie schweigt. Aber ich rufe nicht an. Ich denke an den Standortältesten und sein Angebot, mir weitere Schlüssel zu überlassen.

Manfred kennt ein Beispiel für die Gottverlassenheit der Gegend.

»Wenn unser Pächter hinten in die Werkstatt muss, steckt er sich ein Babyfon in die Tasche.«

»Wieso?«

»Weil mobil telefonieren am Arsch der Welt schwierig ist.«

»Aber wozu das Babyfon?«

»Er hat herausgefunden, dass er im Autosalon nur an einer Stelle Empfang hat.«

»Wo?«

»In einem hinteren Bürofenster, ziemlich weit oben. Dort hängen Babyfon eins und sein Handy. Babyfon zwei hat er ständig eingesteckt. Wenn das Handy klingelt, bekommt er das über Babyfon eins und zwei mit, eilt zum Fenster, steigt auf die Leiter und telefoniert.«

Sie brüllen vor Lachen, was mich ermutigt zu gehen.

»Tut mir leid. Ich muss zurück in die Kaserne. Es kann länger dauern.«

Manfred wirkt erstaunt.

»Sehen wir uns am Abend?«

Viktor, ich bin wie ein Jojo. Kaserne hin. Kaserne her. Mir beim Pendeln zuzusehen, muss wehtun. »Nun wird die arme Seele nicht länger ohne eigene Schuld im Wind ruhelos über die Erde gejagt!«, sagte Nelli, nachdem Viktor es hinter sich hatte. Ich habe sie gefragt, woher der Satz stammt. Sie wusste es nicht. Jemand wie sie muss das auch nicht wissen.

Ein kurzer Fußweg, dann bin ich wieder auf dem Kasernengelände. Ich gehe auf die Baracken zu, und mich fröstelt.

Mir ist, als begänne eins von Nellis Schauerstücken, mit Viktor und mir als Darstellern. Unsere Ratgeberin hatte das Zweite Gesicht, und sie war unbenommen eine herzensgute Frau. Aber Viktor und Nelli kamen nie wirklich gut miteinander aus.

Viktor, erinnerst du dich an den Kirchenkreis in Hintersee, wie wir dort während eines Ausgangs hineinstolperten? Es war furchtbar kalt. In der Dorfkirche scharte sich eine Handvoll Enthusiasten um einen Kachelofen. Ich kann das nicht vergessen, die Debatten im Kerzenschein, bei dampfendem Atem; diese Mischung der Gruppe. Der Förster, mehrere Bäuerinnen, ein Künstler, der Pastor und wir beide in unseren grauen Uniformen, hereingeschneit wie Hausierer.

Für Viktor war Nelli wie eine dieser Landfrauen. Bei jeder Gelegenheit mussten sie ihre Maximen ausposaunen: Gottesfurcht! Nächstenliebe! Bescheidenheit! »Wenn das der Glaube sein soll, dann verzichte ich«, schnaufte der Freund.

Trotzdem haben wir unsere Kirchentreffen (waren es drei oder vier?) genossen und die Freundlichkeit dringend gebraucht. Die tiefe Stimme des Pfarrers, wenn er jedes Mal das Bibelteilen erklärte, kann ich noch immer abrufen, als drehte sich in mir eine Schallplatte: Sich öffnen – für die Gegenwart Gottes.

Lesen – den Bibelabschnitt vorlesen, jeder übernimmt einen Vers.

Vertiefen – jeder für sich betrachtet den Text und lässt ihn auf sich wirken.

Schweigen – fünf Minuten lang nachdenken.

Mitteilen – reihum werden Meinungen wie in einen Korb gelegt, ohne darüber zu diskutieren.

Austauschen – reden und nach der Bedeutung des Textes suchen.

Beten – Gott mit einem gemeinsamen Gebet danken.

Gott war für uns nicht dasselbe wie für Nelli und diese Großmütter. Wenn wir die Kirche verließen und uns von allen verabschiedeten, dann kam es mir vor, als läge der Herr wie ein schlafender Riese in der Dunkelheit. In großer Höhe pfiffen Geschosse über das Dorf.

Vom zwanzig Kilometer entfernten Artillerieschießplatz wurden sie in ein Zielgebiet nahe der Grenze verfeuert, was so normal war, dass nicht einmal mehr die Hunde anschlugen.

Der Standortälteste freut sich.

»Ich wusste, dass Sie wiederauftauchen würden.«

»Sie sind ein kluger Mann.«

»Ich bevorzuge das Wort aufmerksam. Womit kann ich dienen?«

»Mit den Schlüsseln der ehemaligen Unteroffiziersschule.«

Er stellt mir eine Legitimation aus.

»Nur pro forma.«

»Dann werde ich mal«, sage ich, bleibe aber sitzen.

»Kaffee?«

»Gern.«

Wir unterhalten uns, ohne dass ich viel beisteuere. Ich brauche Zeit, um anzukommen. Mein Gegenüber scheint zu verstehen. Mit keiner Silbe erwähnt er die Erweiterung des Autohauses oder Nutzungskonzepte anderer Interessenten. Er erzählt von den Schwierigkeiten, auf die er als Zugezogener in seinem Wohnort stößt.

»Überall das Gleiche. Aber immer ein wenig anders.«

Typisch sei Sturheit. Der Systemwechsel hätte die Menschen misstrauisch gemacht, rigoros im Ringen um Vorteile.

Ich nicke. Das vorpommersche Gelaber behagt mir eher als das automobile. In Wellen fließen die Worte vorüber und lassen mich in Ruhe, obwohl der Ärger darin nicht kleiner scheint. Der Bürgermeister seines

Dorfes sei ein Schlawiner, scheffele für den eigenen Clan, mache sich politisch unmöglich.

»So?«

Er beginnt über das Unbehagen zu sprechen, welches sein Haus in ihm auslöst.

»Warum?«, möchte ich wissen. Vielleicht lässt sich mit unheimlichen Geschichten mein eigener Spuk sublimieren? Ich lasse mir die Beklemmung schildern, wenn der Standortälteste in seinem Anwesen einen bestimmten Raum im Keller betritt.

»Unter der Treppe gibt es ein Kabuff. Eine fensterlose Kammer mit schräger Decke. Dort drin stellen sich mir die Nackenhaare auf.«

»Und wie erklären Sie sich das?«

»Gar nicht. In dem Raum lagert nur Gerümpel.«

»Haben Sie die Vorbesitzer gefragt?«

»Das wäre seltsam. Aber eine Nachbarin hat etwas angedeutet.«

»Was?«

Er schluckt.

»Bei Kriegsende gab es Vergewaltigungen. Nachbarn erzählten, dass sich in unserem Haus tagelang Frauen versteckt hielten, dann aber gefunden wurden.«

Mehr will ich nicht wissen.

Kabuff ist ein Wort, mit dem ich mich auskenne. Das ist ein düsteres Loch, in dem Gudrun, Viktor und ich hocken, und draußen geht ein Stiefel vorbei, geht hin und her, dass es knarrt, und das Knarren wird nach und nach flüssig und tropft jedem von uns in den Nacken, dass jeder von uns schreien will, aber niemand darf schreien, niemand. Wir müssen einander zum Schweigen zwingen, wenn es darauf ankommt, endgültig zum

Schweigen bringen, solch eine Angst ist das, wenn der Stiefel vorbeigeht und sich unvermittelt herunterbeugt und uns durch die Wand ansieht und einen Kopf hat zum Irrsinnigwerden, einen Kern-Kopf, den wir abreißen und zerquetschen und darauf herumtrampeln wollen, aber da schreien wir schon, und der Kopf hinter der Wand klappt auf, und dann sind wir weg.

So gehe ich auf die Baracke zu. Die Füße setze ich bedächtig, Schritt für Schritt, einen vor den anderen. Ich hätte nicht gedacht, wie schwierig das ist, unabhängig davon, dass die Sohlen auf dem Kopfsteinpflaster keinen Halt finden und in die Rillen rutschen. Wie ich mich vortaste und umschaue, gleiche ich einer Schauspielerin, einer Laureatin in Abendkleid und Stöckelschuhen, die auf die Bühne gerufen wird und Angst hat, zu stolpern und hinzuschlagen und aufzuplatzen.

Block C2 steht auf der Wand neben der Tür. An diese Kennzeichnung kann ich mich nicht erinnern, aber woran kann ich mich erinnern? Ich suche den passenden Schlüssel. Sie sehen alle gleich aus, sie sind alle schweißnass.

Ich bin sicher, vor meiner Baracke zu stehen, obwohl es dafür keinen Beweis gibt, nur geschätzte Entfernungen – zur Nachbarbaracke, zum Appellplatz, zum Küchengebäude. Aus dem Fußgitter wächst ein Bäumchen, das ich, um aufzuschließen, beiseitebiegen muss.

Als ich die Tür aufziehe und in den Flur trete, packt mich ein Wirbelwind. Ich sehe Viktor auf mich zulaufen. Er springt auf meinen Arm und klammert sich fest wie ein Zweijähriger. So verharren wir einige Augenblicke. Dann will ich nach rechts, zu unserer alten

Unterkunft, aber rechts geht nicht. Viktor zappelt wie unter Strom. Rechts ist der Waschraum. Gehen wir in die andere Richtung, an Kerns Zimmer vorüber bis in die Waffenkammer.

Überall hängen Schilder – Hinweise darauf, dass sich der Alltag in diesem Haus fortsetzte. Wie auch nicht? Eine Baracke trauert nicht.

In der Waffenkammer lese ich: *Max. Deckenbelastung 2,5 KN/m*^{2}. Die Warnung raubt mir die Fassung. Ich renne schreiend durch den langen Barackenflur. Sie haben Zwischenwände herausgebrochen, sodass ich auch ins vormals abgetrennte Reich der Panzerfahrer vordringen kann. Danach geht es besser.

Den Boden bedeckt totes Getier. Skelettierte Vögel und Fledermäuse, Schmetterlinge, Wespen, Grashüpfer und Käfer, die herein-, aber nicht mehr herausfanden. Mit den Papierschnipseln, Holzstückchen, Glassplittern und sonstigen Resten bildet das eine Mischung, die unter den Schuhen knirscht.

Wohin gehen?

Ich habe das Gefühl, als würde sich die Leere der Baracke auf mich übertragen, als entziehe mir das Gebäude Kraft. Aber ich will nicht gehen, ich will nicht aufgeben.

Wenn ich Anstalten mache, mich in Richtung des Waschraums bewegen zu wollen, wird Viktor nervös, also nehme ich die Treppe in den Keller.

Auf diesen Steinkacheln putzten wir abends unsere Stiefel. Der Hocker zum Draufsetzen war aus der Stube mitzubringen, wie das schlichte Möbel überhaupt ständig herumgetragen werden musste – zum Waffenreinigen, zum Fernsehempfang, zur Politschulung.

Die Leere im Untergeschoss ist eine andere. Ich wundere mich über die Heizung. Die Rohre blitzen, als könnte die Anlage mit einem Knopfdruck in Betrieb genommen werden. Ich blättere in der mit einer Kette an der Wand befestigten Bedienungsanleitung, und die Jahre nach Viktor schwingen sich auf zu befremdlichen Höchstleistungen. Der Text wirkt wie ein durchgedrehter Kommentar zu den Geschehnissen in jener Nacht. Von »Strangleitungen« und einer »Nachtabsenkung« ist die Rede, Worte, die sich mit Wucht aus ihren Zusammenhängen reißen und dem Freund um den Hals legen.

Nachtabsenkung.

Im Keller herrscht Dämmerlicht. Die abgesenkten Fenster in den Remisen zeigen auf Ziegelwände. Mir bleibt fast das Herz stehen, als es plötzlich klopft. Ein Rabe pickt von außen gegen die Scheibe und wühlt im Laub.

Kern, bist du das?

Ich komme in einen Raum voller Erste-Hilfe-Kästen. Mehr als zuvor habe ich das Gefühl, einer Armee auf die Finger zu sehen. Jeder der Kästen verfügt über eine Dokumentation, die Mitte der Neunzigerjahre einsetzt und nach der Jahrtausendwende endet. Ich kann nicht anders, ich studiere die erfassten Verletzungen. Hauptsächlich geht es um Schnittwunden und Schrammen beim Verschließen von Planen oder dem Abladen von Lkw-Sitzen. Manche Namen tauchen öfter auf, der von Soldat Krüger beispielsweise. Soldat Krüger schaffte es, sich innerhalb eines Jahres zweimal in den Finger zu schneiden, zweimal zu verheben (Sondereintrag:

Kreuzschmerzen) und sich einen geschwollenen Zeh zuzuziehen. Was mich wundert, ist nicht die leicht zu durchschauende Häufigkeit der Gesundheitsschäden, sondern der Ernst, mit der Lappalien Eingang in die Statistik finden.

Unter Hergang lese ich, was in Halle 008 geschah:

»Beim Anheben eines Palettendeckels mit dem Kopf an der Treppe gestoßen, was zu kurzzeitigem Schwindelgefühl führte.«

Ich muss, was ich an diesem Ort nicht für möglich gehalten hätte, lachen. Sogar Viktor fällt ein. Wir rekapitulieren, was zu unserer Zeit als Gesundheitsschaden galt.

»Viktor«, japse ich, »erklär mir das blöde Gefühl von Überlegenheit. Bin ich ein besserer Mensch, weil ich gesehen habe, wie ein Panzer mit einem betrunkenen Fahrer darin von der Brücke in den Fluss fällt? Drei Tote. Bin ich ein Talent in Sachen Lebensführung, weil ich weiß, wie einer aussieht, der beim Einweisen zwischen den Panzern steht, und dann rutscht dem Fahrer die Kupplung weg, und er wird von der Kante zerschnitten und liegt zweigeteilt da? Reift meine Persönlichkeit, weil du dich erhängt hast?«

Ich greife zum Handy und wähle Gudruns Nummer, aber wegen des Funklochs oder der dicken Mauern misslingt es. Gudrun könnte mich zum Äußersten zwingen – mit ihrer spitzen Zunge, ihrer Liebesbrutalität. Ich weiß, wozu sie raten würde. Wenn sie nicht zu erreichen ist, soll sie schweigen. Bin ich eben ein Hasenfuß. Aber den Waschraum tue ich mir nicht an.

Ich wandere durch den Keller, gelange in den letzten

Raum auf der Nordseite. Die Wände sind schwammig. Auf dem Boden steht Wasser. In einem Regal stehen neben verfaulenden Aktenordnern zwei Schreibmaschinen, Modell daro 202. Ich kenne den Typ aus Büros, die ich besser nie betreten hätte. Es ist die Standardschreibmaschine der ›bewaffneten Organe‹, mit extrabreitem Wagen für die nötigen Querformate, weiß-grün lackiert wie ein Polizeiwagen. Hass auf Dinge zu empfinden, ist unsinnig, aber mich freut das Ausmaß der Zerstörung. Ich untersuche den von der Wand auf die Aktenordner und die beiden Maschinen übergreifenden Schimmel. Weiße Pünktchen, die wie Schneeflocken aussehen, wachsen in die Apparate und löschen die Buchstaben.

Hustend und voller Spinnweben verlasse ich das Gebäude, lege mich ins Gras und schlafe ein. Ich träume von Gudrun. Sie arbeitet im Büro eines Kaufhauses und wird von jemandem verfolgt. Es ist nicht klar, wer er ist, aber sie fühlt sich so sehr bedroht, dass sie mit dem Auto permanent rückwärtsfährt, um ihn im Auge zu behalten. Ihr Auto ist klein wie ein Gokart, und sie darf in ihrer Not damit durchs Kaufhaus fahren. Um den Unbekannten loszuwerden, beschließt sie, einen Tag lang nackt zu verbringen – nackt im Auto zur Arbeit zu fahren, nackt im Büro am Schreibtisch zu sitzen. Die Idee sieht vor, dass der Verfolger weiß, dass sie nackt ist, sie aber nackt nie zu sehen bekommt und damit von der Aussichtslosigkeit seiner Nachstellungen überzeugt wird.

Am Ende des Traums begegne ich Gudrun in ihrem Büro. Sie kauert an der Wand. Die Tür steht offen, der Verfolger ist bereits im Haus.

Angsterfüllt bedeckt sie ihre Blöße.

Ich setze mich auf und sehe zur Baracke hinüber. Sie liegt da wie ein Dinosaurier, ein Riesenpantoffel, ein Sarg ohne Schneewittchen – mir fallen nur schiefe Vergleiche ein.

Zugleich fühle ich die reine, sommerweiche Luft dieses Nachmittags. Am Himmel spielen weiße Wölkchen. Es sind übermütige Kinder, deren fröhliches Geschiebe und Gezerre mich an Manuel erinnert. Ich beschließe, meinem Sohn von dieser Reise kein Kinderkonto, sondern einen Hund mitzubringen. Einen zerzausten kleinen Racker aus dem Tierheim, der alle Schuhe und Stuhlbeine anknabbern wird. Was für eine Idee! Lachend liege ich im Gras und fühle mich wie neugeboren.

Das Telefon belohnt meine Ausdauer.

Gudrun, der ich von meiner Auffrischung erzählen will, ist gut zu verstehen. Sie klingt allerdings mürrisch:

»Ich hatte gehofft, du würdest es früher versuchen.«

»Kannst du sprechen?«

»Ich kann sprechen.«

»Tut mir leid wegen vorhin.«

»Das sollte es auch.«

»Ich habe gerade von dir geträumt.«

»Ich dachte, du arbeitest?«

Vier oder fünf Sekunden verstreichen.

»Ich bin nur eingenickt.«

»Was hast du geträumt?«

»Du wurdest verfolgt und wolltest dich von mir retten lassen.«

»Wie im richtigen Leben.«

Sie lacht.

»Wie im richtigen Leben«, wiederhole ich flüsternd.

Ich kann ihr nicht mehr sagen, wo ich bin. Auch die Idee mit dem Hund wirkt plötzlich, als sei mir nur ein Mittel gegen ihren Sauberkeitswahn eingefallen.

Wenn sie wüsste, dass ich in der Kaserne im Gras sitze! Wenn sie erführe, dass ich in der Baracke war und den Waschraum nicht mindestens mit der Zunge ausgeschleckt habe, um Viktor abzuschütteln – sie würde mich mit ihrer Feldwebelstimme aufstacheln. Sie würde fordern: »Geh da rein!«

Wir sind durch all die Jahre spaziert wie auf Eis, und unter dem Spiegel schwammen Fratzen mit, die verdrehten, die falschen und die wahren Träume. Ausraster im Restaurant, Peinlichkeiten in öffentlichen Verkehrsmitteln, der Wunsch, sich aus allem zurückzuziehen, die Versuche eines halbwegs normalen Umgangs mit der Verwandtschaft.

Noch während Gudrun lacht, fällt mir ein, wie ihre unerträgliche Schwester uns kürzlich zum Sonntagskaffee bat, was ich als Strafe empfand.

Wir gingen spazieren, und Gudrun vertrat die Auffassung, dass ein Besuch bei ihrer Schwester mir guttäte, wie sie jetzt, ohne zu wissen, worüber sie lacht, und ohne zu wissen, dass ich vor der Baracke sitze, der Meinung ist, dass ich hineingehen sollte.

Ich lasse sie lachen und erinnere mich, wie bei unserem Streit über den Besuch bei ihrer Schwester dauernd das Postauto neben uns aufgetaucht war. »Es würde dir guttun«, hatte Gudrun gemeint, und wieder hatte das Postauto neben uns gehalten. Es hatte sich von Hausnummer zu Hausnummer mitbewegt, eine rollende Zumutung, der ein mit Briefen und Paketen beladener Bote entstieg, der die Tür jedes Mal so weit aufriss, dass wir einen Bogen hatten schlagen müssen. »Pass doch auf!«, hatte ich geschimpft, wonach der Postmann die Antwort nicht schuldig geblieben war, worauf ich mit dem Ruf: »Jetzt gibt's was aufs Maul!« den um sein Auto fliehenden Mann mit erhobenen Fäusten verfolgt hatte, bis Gudrun mich wegzerrte. »Bist du verrückt, das ist unser Briefträger!«

Sie fragt:

»Wann kommst du nach Hause?«

»Wahrscheinlich morgen.«

Meine Verrücktheit erschreckt mich. Manchmal zerspringe ich vor Sehnsucht, nach Hause zurückzukehren. Dann sitze ich abends in der Küche – Manuel schläft, Gudrun ist irgendwo –, und ich betrinke mich und gehe mit der letzten Flasche in den Gemeindepark. Dort lege ich mich auf den Hügel, von dem die Kinder im Winter rodeln, und frage mich, ob alles falsch ist oder ob ich es nur so sehe.

Gudrun ist OP-Schwester und kennt keine stresslosen Tage. Mit einer Zärtlichkeit, die warm im Ohr kitzelt, sagt sie:

»Du hättest damals mit mir die Therapie machen sollen.«

»Unsinn. Dieser Besuch sollte reichen.«

»Ich weiß nicht.«

»Du weißt nicht? Das wäre neu.«

»Ich meine es ernst. Du klingst völlig verändert.«

»Was erwartest du?«

»Soll ich ehrlich sein?«

»Bitte.«

»Ich erwarte, dass du zurückkommst.«

Die Tannen beim Kasernentor ähneln Garderobenständern. Nelli wartet davor und fragt wie damals: »Warum seid ihr nicht früher gekommen?«

Wenn sie einen umarmte, roch es nach Schweiß. Ich wollte nicht wissen, wie selten sie sich wusch. Das schien unwichtig. Ihr Geruch war eher ein Hinweis auf etwas, das wir nötiger hatten: großmütterliche Zuwendung.

»Zeigt mir Kern. Wer soll das sein?«, bat sie. Nachdem wir zwei Wochen Dienst im Küchenkommando geschoben hatten, tauchte er auf und speiste im Kasino zu Abend.

Wir beobachteten durch einen Türspalt, wie Nelli sich seine Garderobenmarke geben ließ, um den Tisch herumlief und ihm in den Mantel half.

»Hoffentlich verplappert sie sich nicht«, flüsterte Viktor.

Sie zupfte Fussel vom Revers und nahm Witterung auf.

»Beehren Sie uns bald wieder, Genosse Hauptmann.«

Geschmeichelt drehte er sich um:

»Kompliment, Sie können ja sogar die Dienstgrade!«

Ein paar Abende zuvor war ihr Sohn aufgetaucht. Beim Rauchen hatte er von seinem Vater erzählt, einem »Faschisten der Kasernierten Volkspolizei«, der nun Gott sei Dank ins Gras gebissen hatte. Groll sprudelte hervor wie ein giftiger Strahl.

Die ganze Familie hatte Schläge mit dem Tauchsieder-Kabel erhalten. Einmal pro Monat bürstete der Vater seine Reservistenuniform. Als Nelli mit den Kindern ohne zu fragen Blaubeeren im Wald gesammelt hatte, kippte er sie auf den Kompost. Ihr ehelicher Durchhaltewille war beträchtlich. Erst ein Herzinfarkt beim Sprengen des Gemüsebeetes in ihrem Schrebergarten brachte Befreiung. Nelli hielt den Schlauch, und er brach an der Pumpe zusammen.

Viktor und ich hörten staunend zu. Uns wurden die Augen geöffnet für die Unterströmungen ihres Interesses, für die soldatischen Umstände, in denen sich unsere Schamanin eingerichtet hatte. Wer konnte sagen, welche Rechnung sie an der Garderobe des Offiziersclubs beglich? Was sie auf dem alten Waldboden trieb, den die Volkspolizei in den Fünfzigerjahren für ihre Kasernen urbar gemacht hatte.

»Legt euch nicht mit ihm an«, sagte sie, nachdem Kern verschwunden war, und las in unseren Händen.

Beerdigungen in der Nachbarschaft konnte sie neun Tage vorhersagen. Diesbezüglich hatte sie nichts zu sagen. Allerdings sah sie Viktor einen unseligen Pakt anstreben. Sie schwieg eine Weile.

Wer glaube, mit solchen Herren ließe sich Handel treiben, wer annehme, er könne Diabolus ein Schnippchen schlagen, der erläge zumeist einem Irrtum.

Viktor schnaufte.

Nelli kramte eine Geschichte hervor, in der ein Knecht der Gegend mit dem Teufel um die Wette mähte und einzig erreichte, dass ihm die Füße abgeschnitten wurden.

Ich halte an der Stelle, wo Kern jeden Morgen auftauchte. Ich kann diesen Weg nicht sehen, ohne dass sich Kerns Gesicht davor schiebt. Hauptmann Ingo Kern. Dieser Abzweig ist ein Altar, ein Ort für Gedankenopfer. Ich schließe den Wagen ab und begebe mich auf die Spur des Mörders, hinein in sein Auge.

Zweige hängen herab. Ich muss den Arm heben, damit sie nicht mein Gesicht streifen. Auf dem Pfad, der sein Dienstweg war, ragen überall Wurzeln aus der Erde. Sie fingern sich durch das Laub und wirken wie die Überreste von Erschlagenen.

Eine Weile gehe ich durch den Wald und bilde mir ein, einer Aktentasche zu folgen, einer braunen, von jahrelangem Gebrauch abgewetzten Aktentasche, in der Leute wie er Brotbüchse und Zeitung verstauten.

Ich möchte Nelli abwimmeln. Bei dem, was zu entscheiden bleibt, stört sie nur. Ich drehe mich um und sehe sie auf dem Kasernenzaun sitzen, ganz die zünftige Weltenreiterin, ein Bein hüben, ein Bein drüben. Ich gebe ihr Zeichen, und sie tut mir den Gefallen, schwingt sich auf ihren weißen Hirsch und räumt das Feld.

Ich folge dem Weg weiter durch eine Wiese und habe die Reihenhäuser vor mir, in denen früher ausschließlich Knüppler mit ihren Familien wohnten.

Zeit für das Eingeständnis, dass ich vor einigen Jahren schon einmal hier war.

XII

7 h vor dem Schuss
Ingo Kern fährt zur Personalmesse Rostock

Karoline fehlt mir. Sie ist mein Tempomat, mein Tagfahrlicht und meine Hand am Blinker, als ich zum Hotel einbiege und in die Tiefgarage rolle. Wie ein Kind möchte ich quengeln, weil sie nicht bei mir ist und auch nicht im Zimmer auf mich wartet.

»Ich rufe gleich zurück, Ingo.« Sie hat ›gleich‹, sie hat ›Ingo‹ gesagt. Das war vor einer halben Stunde.

Die Tiefgarage ist eng. Abgefahrener Putz kündet von der Knausrigkeit der Planer. Langsam zirkele ich den Wagen um zerschrammte Pfeiler.

Wenn Karoline und ich allein sind, nennt sie mich »mein feuchtes Frettchen«. Warum? Wenn ich frage, lacht sie. Ihr Spott hat mich abgestumpft. Beinah finde ich Gefallen an der Pelztierverwechslung. Karoline ist anders. Nörgler wie mein Bruder meinen: Vor allem ist sie jünger. Aber ihr leichter Ton tut gut.

»Sie hören das bestimmt oft, aber Ihr Parkhaus ist eine Fehlkonstruktion«, gebe ich dem Fräulein an der Rezeption zu verstehen.

»Nein, das hören wir nicht oft.«

»Vermutlich, weil Ihre Gäste fürchten, wegen Sachbeschädigung zur Kasse gebeten zu werden.«

Sie knallt meine Schlüsselkarte auf den Tresen. Der nächste Hotelgast zwinkert mir zu.

Das Zimmer liegt im dritten Stock und auf der Rückseite. Ich schaue auf einen verwahrlosten Park, in dem sich eine Gruppe von Pennern nebst Hunden zum Bier versammelt. Die Aussicht stört mich nicht. Ich versuche erneut, Karoline anzurufen, aber sie geht nicht ran, und ich bin zu enttäuscht, um aufs Band zu sprechen.

Die anstehende Scheidung bläst ihren Eishauch durchs Zimmer. Wie viele Kollegen hat es im Laufe der Jahre erwischt? Nicht nur Kalle heulte sich bei mir aus. Ich kann die Berichte von einsamen Weihnachtsfesten, heimlich zerkratztem Autolack, zerschnittenen Führerscheinen und vor Zorn (oder Parkinson?) zitternden Männerhänden kaum noch auseinanderhalten.

Nun bin ich an der Reihe. Umkehr dürfte ab heute Abend schwer werden.

Ich steige in die Dusche und stelle mich unter kaltes Wasser. Der Schock treibt den Trennungshorror von jemandem hervor, mit dem ich mal im Nachtzug nach Oslo fuhr. Er berichtete, dass er spät nach Hause kam, den Lichtschalter ertasten wollte, es aber ließ, um seine schlafende Frau nicht zu wecken. Im Dunkeln schlich er ins Schlafzimmer, zog die Sachen aus, und als er sich ins Bett legen wollte, landete er auf dem Fußboden. Da war kein Bett, und wie er bei Licht erkennen musste, waren da auch keine Frau und kein Mobiliar mehr.

Vor den Verwicklungen graust es mich.

Als ich Solveig von Karoline erzählte, fiel sie auf die Knie. Sie umklammerte meine Beine, küsste mir die Hände und bat wimmernd, alles zu überdenken.

Karoline ruft zurück. Es täte ihr leid, aber wegen eines Meetings könne sie den Stand nicht verlassen. Als

Personal-Crack der Bahn müsse ich nicht jeden Punkt des ganztägigen Messeprogramms mitmachen. Ich solle mich in Ruhe auf meine lecture vorbereiten. Vielleicht könnten wir uns kurz im Café am Eingang treffen.

Sie schnurrt:

»Nicht traurig sein, Hase!«

»Hase?«

»Warum nicht?«

»Ich sehe gerade einen Hasen, auf der Wiese vor dem Hotel.«

»Na also, ich bin bei dir!«

»Vielleicht ist es aber auch ein Kaninchen.«

»Du hast noch eine Stunde, Ingo. Entspann dich.«

Es ist doch ein Hase. Er hockt auf der Wiese. Wenn die Hunde sich erheben, duckt er sich und spitzt die Ohren. Ich mag den graubraunen Flecken im Gras. Seine Sprungbereitschaft.

Vor dem Hintergrund neuer Hotels und Bürotürme wirken die Penner wie ein Aufruf zum wahren Leben. Ich bin schlecht gelaunt, aber die Kraft fehlt, das abzustellen. Rechts leuchten Werbebanner für die regionale Zeitung und eine Versicherung. Links hat ein Lkw-Hersteller einen ganzen Betonmisch-Laster auf ein Dach gestellt. Der angestrahlte Slogan dreht sich mit der Trommel.

Sich vor dieser Kulisse die Frage nach tieferem Sinn zu stellen, ist ungerecht.

Ich habe Ostdeutsche getroffen, die mir angesichts schöner Fassaden, intakter Toiletten und die Nacht erhellender Tankstellen ihre Erleichterung gestanden, sich nicht mehr schämen zu müssen. So hat man das wohl zu sehen.

Mein Vortrag auf der Messe beschäftigt sich mit den Wurzeln des Personalwesens.

Ich habe ihn Dutzende Male gehalten. Die Mappe muss ich nicht mehr durchgehen. Um zu schlafen, bin ich zu aufgestachelt. Ich schalte den Fernseher an und bleibe bei einer Sitcom mit Charlie Sheen hängen. Seine behaarten Arme, die bunten Bowling-Hemden und der eingespielte Applaus sind furchtbar, aber Gunnar liebt die Serie. Ihm zuliebe haben wir das öfter geschaut. Der Gedanke, dass Gunnar im Internat zusehen könnte, hält mich eine Weile bei der Stange. Normalerweise setzt mein nach Coolness lechzender Sohn alle Hebel in Bewegung, um keine Folge zu verpassen. Genau genommen ist das die Zukunft unserer Familie – an unterschiedlichen Orten sehen wir gleichzeitig dieselben Filme und denken aneinander.

»Ha«, rufe ich und sehe dem Bildschirm beim Schwarzwerden zu.

Dann gehe ich nach unten.

Das Foyer ist voller Messebesucher. Männer in anthrazitfarbenen Anzügen wie ich, die zusammenstehen und telefonieren. Ich könnte zur Ausstellungshalle rüberspazieren, entdecke aber das Schild ›Andachtsraum‹ und nehme den angezeigten Weg. Nach gefühlten zehn Kilometern auf Rolltreppen und in neonhellen Unterführungen bin ich am Ziel.

Am Ziel? Wenn ich vor solchen Türen stehe, zögere ich. Aber auch diesmal begegne ich niemandem. Ich betrete eine sterile Kapelle. Die Glasmalereien auf den Fenstern sind abstrakt. Dem Gekreuzigten an der Wand fehlt jede Mimik. Eine brennende Altarkerze ist die einzige Wärmequelle und der Beleg, dass jemand hier gewesen sein muss. Ich fühle mich wie auf einer einsamen Lichtung, und statt den Fluss zu suchen, in dem ich angeln oder schwimmen könnte, streife ich ein Wandbord entlang, auf dem erbauliche Heftchen ausliegen. Mit der Hand gleite ich über die Billigware. Von einigen Titeln blickt die Jungfrau Maria. Ihr Heiligenschein ist stumpf und unscharf gepixelt. Bei der fett gedruckten Frage eines Flyers bleibe ich hängen:

›Mensch, was fehlt dir am meisten?‹

Als Erstes fallen mir Pferde ein. Ausritte am Sonntagmorgen mit den Kameraden vom Reitklub.

Noch während es unter mir schnaubt und Zweige mich streifen, donnert der Unfall von Saras Freundin Cornelia ins Bild. Die Elfjährige, die oft in unserem Haus übernachtet hatte, blieb stehen, blieb wie angewurzelt stehen, als ein Hengst auf sie zuhielt und über den Haufen galoppierte.

Zur Beerdigung luden Cornelias Eltern halb Eggesin ein. Das junge Paar bat die Trauergäste, sich hell zu kleiden. Besonders die den Bioladen am Marktplatz führende Mutter versuchte, den Schicksalsschlag als Fest des Lebens umzuwerten. Ihr Optimismus machte alles schlimmer. Wir begegneten uns danach ab und zu auf der Straße. Eines Morgens bekannte sie mit grauem Gesicht, Pferde nicht mehr sehen zu können und wie schrecklich es sei, Tag für Tag am Friedhof vorbeizumüssen.

Das Reiten fehlt mir weniger.

Es sind die Wälder um Eggesin, hin zur polnischen Grenze. Auf diesem Pfad gelange ich zur Antwort. Fast peinlich, sich das eingestehen zu müssen, aber ich vermisse meinen Dienstweg zur Kaserne. Zehn Minuten mit dem Fahrrad, die Aktentasche am Lenker, durch das Wäldchen mit dem wuchernden Farn. Ich kann alles sehen und riechen. Ein Meer aus Eichen und Tannen und Farnwedeln, so weit das Auge reicht. Schwarzen Ballons gleich tanzen Mückenschwärme in der tief stehenden Sonne.

Die von Georg übernommene Aktentasche habe ich noch, aber für den Managerjob ist sie zu schäbig. Sie war schon schäbig, als ich sie von Georg bekam. Sie gehörte Vater. Aber wer wollte, wer konnte mir damals eine zerlumpte Tasche verbieten?

Diese Fahrten waren traumhaft. Mein Anlauf zum Dienst, ein Dahingleiten wie durch eine atmende Schleuse. Nur wenn Schnee lag, bin ich gelaufen.

Aber auch hier lauert Unheil.

In der Woche nach Melanders Tod sah ich seinen Freund im zweiten Stock am Fenster stehen. Ich weiß noch, dass es mir auffiel, weil der Besuch eines Ministers anstand und es den Befehl gab, die gesamte Fensterfront geschlossen zu halten. Als ich näher kam, erkannte ich, wer da stand. Ich ließ das Fenster ohne Aufhebens schließen, auch an den folgenden Tagen. Brenner war bestraft genug. Weshalb er dort wartete und erst verschwand, wenn ich vor dem Block demonstrativ hochsah, wusste ich nicht. Die Nerven lagen bloß. Wir mussten zur Tagesordnung zurückfinden.

Ich gehe nach vorn zur aufgeklappten Bibel und tue, was ich für richtig halte.

Ich reiße eine Seite aus und erwische Matthäus 11,20.

Jesu Weheruf über galiläische Städte.

Da fing er an, die Städte zu schelten, in denen die meisten seiner Taten geschehen waren: denn sie hatten nicht Buße getan. Wehe dir Chorazin! Wehe dir Betsaida! Wären solche Taten in Tyrus und Sidon geschehen, wie sie bei euch geschehen sind, sie hätten längst in Sack und Asche Buße getan. Doch ich sage euch, es wird Tyrus und Sidon erträglicher ergehen am Tage des Gerichts als euch. Und du Kapernaum, wirst du bis zum Himmel erhoben werden? Du wirst bis in die Hölle hinuntergestoßen werden. Denn wenn in Sodom die Taten geschehen wären, die in dir geschehen sind, es stünde noch heutigen Tages.

Ich muss los. Auf dem weiten Platz vor der Messehalle gerate ich in einen Strom von Geschäftsleuten. Ihr Zwitschern, unterlegt mit dem Rhythmus der Hacken auf dem Beton, hat meditative Wirkung.

»How was your flight?«

»Great. I came in tonight.«

»Oh, tonight?«

Small Talk ist die wahre Kirche. Ich gleite durch inhaltsleere Wellen, die meine Seele streicheln. Obwohl, im Grüppchen vor mir scheint es um etwas zu gehen.

»Sie hat entschieden, dass ein junger Spund das Marketing übernehmen soll. Nicht nur das Marketing, auch den Verkauf.«

Ich überhole drei Männer, die mit Augen wie ausgefahrenen Deorollern über ihre Chefin tratschen. Wie albern der Gang von sogenannten Entscheidern ist! Das Klacken (inklusive mein eigenes) begleitet mich bis ins Foyer.

Zur Anmeldung reihe ich mich in die Schlange vor den Kassen. Als ich dran bin, nenne ich meinen Namen und zücke den Betriebsausweis. Mir wird gesagt, dass zuerst die Einschreibung an den PCs gegenüber erfolgen müsse. Selbstständig. Also stelle ich mich dort an, sehe meinem Vorgänger über die Schulter und tippe dann meinen Kram in die Maske, wobei ich ebenso beobachtet werde.

Anschließend drucke ich und muss feststellen, dass sich in der dünnen Luft autonomer Computerisierung Fehler einschleichen. Das Gerät wirft ein Formular für Dipl.-Ing. Dietrich Waller, Maschinentechnik München GmbH aus. Ich bemerke es erst, als ich wieder an der Kasse stehe. Es ist dieselbe Kasse, von der aus ich an die PCs verwiesen wurde. Um zur Rettung meiner in der Warteschleife des Druckers steckenden Angaben zu schreiten, fehlt mir die Energie. Interessanter dürfte sein, ob sich die Hostess nach drei Minuten an mich erinnert. Tut sie nicht. Ich betrete die Messe als Dietrich Waller. Dass hier nicht wenige unter falschem Namen herumlaufen, erscheint mir einer Personalmesse würdig.

Bis zum Vortrag bleiben fünfundzwanzig Minuten.

Vielleicht begegne ich in der Zwischenzeit mir? Die Vorstellung, dass jemand meine Karte am Revers trägt, begleitet mich ins Café, in dem ich Karoline zu treffen hoffe.

Ich trinke Kamillentee und schnappe nach Gesprächsfetzen. Experten am Nebentisch haben »Aufträge high end in der Pipeline« und halten die »execution für das größte Geheimnis«. Ich erwäge, Karoline erneut anzurufen und einer raunt, dass er in seiner Firma eine Umfrage durchgeführt hätte, um herauszufinden, was Mitarbeiter als das wichtigste Projekt ansehen würden.

»Jeder hat was anderes gesagt!«

Sie sind fassungslos.

Da Karoline nicht auftaucht, beschließe ich, zu ihr zu gehen.

Mein Vortag beginnt in achtzehn Minuten.

Unser Stand ist dicht umlagert, aber ich sehe Karoline sofort. Sie unterhält sich mit dem Chef von *TimIng*, einer auf Anlagenbauer und Elektroniker spezialisierten Zeitarbeitsfirma, mit der wir ins Geschäft kommen werden. Ich halte mich im Gewimmel. Vielleicht hat Georg recht, und Karoline ist mein Untergang. Sie wendet mir den zierlichen Rücken zu und gestikuliert professionell. Der Typ von *TimIng* trägt Schnauzer. Er ist jünger als ich und flink wie eine aus dem Licht huschende Schabe.

Was sie reden, ist nicht zu verstehen. Aber worum es geht, weiß ich. Mich interessieren andere Dinge – wohin sein Blick ständig rutscht zum Beispiel. Als Karoline Kaffee besorgt, muss sie in der abgeteilten Küche einen Moment warten und glaubt sich unbeobachtet. Ich fasse es nicht, aber in ihrem Businesskostüm mit den eng anliegenden Hosen, die ihren Hintern betonen, sehe ich sie Gymnastikübungen ausführen. Sie zuckt mit den Pobacken. Wieder und wieder. Ist das eine Methode zur Straffung? Oder die Reaktion auf seine Anmache?

Zehn Minuten bis zum Vortrag.

Dies zuckende Wesen ist die neue Frau an meiner Seite? Mit den Tassen in der Hand trainiert sie vorm Spiegel zu lächeln. Beinah wäre ich zu ihr gegangen, aber die ins Gesicht gewanderte Streckübung gibt mir den Rest.

Die beiden wechseln an den Verhandlungstisch. Karoline dürfte unseren Bedarf erläutern. Eisenbahn-Bundesamt. Kürzere Prüfintervalle. Rückstau bei der

Instandhaltung. Während die Fakten fließen, studiere ich sein Gesicht, die Art, wie er nickt, sich mit der Hand an den Schlips fasst, solche Sachen. Ich habe keinen Ton, die Sicht ist mehrfach verdeckt, eine hartnäckige Hostess will mir einen Apfel andrehen.

Ich versuche mich zu erinnern, was ich über den *TimIng*-Mann weiß. Bei unserer ersten Begegnung vor fünf Monaten behauptete er, aus Westberlin zu stammen. Mir fiel die Spur eines Dialektes auf, die nicht berlinerisch klang, was mich kurz stutzen ließ.

»Genau genommen bin ich aus Charlottenburg«, setzte er hinzu und lachte.

Das war in Münster. Während einer Pause unterhielten wir uns vor dem Palais, das als Tagungsort diente.

»Charlottenburg – wo denn da?«

»Fürstenplatz.«

»Oh, in der HNO-Klinik um die Ecke haben sie mir vor ein paar Jahren die Mandeln entfernt. Gibt es den Italiener noch, der Rosenblüten-Eis verkauft?«

Ich verstand nicht, weshalb er erbleichte. Sein Blick geriet ins Schlingern. Er wollte, nur das begriff ich, keineswegs weiter über Charlottenburg sprechen.

Jetzt geht mir auf, warum. Beweisen kann ich es nicht, nehme aber an, dass er einer dieser Ostdeutschen ist, die sich eine westdeutsche oder Westberliner Herkunft zugelegt haben.

Mir hat das mal jemand aus dem Reitklub erklärt, ein Versicherungsmakler, den ich seit Jahren als ›den Stuttgarter‹ kannte. Alle vier Wochen besuchte er seinen Vater im (billigeren!) Eggesiner Seniorenheim und ritt danach bei uns mit. Am Rande einer Feier kamen wir ins Gespräch. Wie sich herausstellte, stammte er eigentlich aus Görlitz, hatte wegen versuchter Republikflucht von 1983 bis 86 in Bautzen eingesessen, war abgeschoben worden und am Neckar in die Versicherungsbranche geraten.

»Du warst in Bautzen?«, rief ich.

Nicht dass ich mit solchen Leuten nicht reden würde. Sie waren die Andersdenkenden, aber jetzt dachten wir alle anders. Mich verblüffte, dass ich nichts bemerkt hatte. Er fuhr die standesgemäße Limousine, trug eine goldene Uhr, wirkte jovial. Ich hatte nie über ihn nachgedacht, aber mir wäre nicht eingefallen, ihn nach Görlitz zu stecken. Es war das Sommerfest der Reiterstaffel. Wir tranken bald härtere Sachen, und er gestand, dass er in den ersten anderthalb Jahren in Baden-Württemberg jedem von Bautzen erzählt hätte.

»Leuten, die das gar nicht wissen wollten. Geschäftsfreunden, Nachbarn, Bekannten im Umkreis. Das musste raus!«

Aber das salbungsvolle Getue begann ihn zu nerven, dieses »Sagen Sie mal, das muss ja furchtbar gewesen sein«, worauf erörtert wurde, ob man lieber Urlaub in Spanien oder Italien machen sollte.

»Arschlöcher!«, sagte er.

Sie würden nichts begreifen. Sein Vorleben ginge denen zum einen Ohr rein und zum anderen Ohr wieder hinaus. Deshalb hätte er beschlossen, nichts mehr zu erzählen und nicht aus Görlitz, sondern aus Westberlin zu kommen. Eine Zeit lang versuchte er es noch mit Berlin, aber damit niemand mehr die Nase rümpfte, hätte es schließlich Westberlin sein müssen.

Nach einer holprigen Plauderei mit einem echten Hauptstädter wäre er nach Berlin-Spandau gefahren.

Er hätte sich dort alles angesehen und eine Vergangenheit zurechtgelegt: Straße, Hausnummer, Kiez.

Noch neun Minuten bis zum Vortrag.

Ich gehe rüber an den Tisch. Karoline springt auf und umarmt mich.

»Ingo!«

»Hallo. Wie läuft es denn?«

»Bestens, Herr Kollege«, mischt sich Mr. *TimIng* ein. Wir geben uns die Hand.

»Ich will nicht lange stören. Bereitet das Ganze vor. Die Details prüfen wir übermorgen.«

Zweimal eifriges Nicken.

Karoline fragt:

»Musst du nicht zu deinem Vortrag?«

»Gleich. Mein Mund ist völlig ausgetrocknet. Würdest du mir bitte ein Glas Wasser holen?«

»Aber sicher!«

Sie eilt davon. Ich setze mich auf ihren Platz und lächle unseren künftigen Partner an.

»Wenn der Vertrag unterschrieben ist, sollten wir unbedingt Eis essen gehen.«

»Eis?«

Er schluckt und will wieder ins Schlingern geraten. Aber noch zögert er und hegt Zweifel. Diese nehme ich ihm jetzt.

»Ich dachte an Berlin-Charlottenburg, Sie wissen schon, den sagenumwobenen Ort Ihrer Kindheit. Das interessiert mich. Wirklich, das müssen Sie mir bei Gelegenheit zeigen!«

»Warum nicht«, entgegnet er heiser und sieht zur Seite wie ein ertappter Hund.

Ein Karoline betreffender Kommentar erübrigt sich.

Er hat verstanden. Ich nehme das gereichte Wasserglas und trinke es in einem Zug leer.

»Wenn wir einer geschäftlichen Kooperation eine persönliche Note geben können, ist das förderlich für beiden Seiten. Nicht wahr, Karoline?«

Karoline strahlt.

Fünf Minuten später trete ich ans Pult von Bühne drei.

XIII

4 h vor dem Schuss
Stefan Brenner erinnert sich an das erste Treffen mit Ingo Kern

Kurz nach Manuels Geburt habe ich Kern aufgesucht und mit ihm gesprochen.

Die Ungeheuerlichkeit dieses Treffens wird mir bewusst, während ich die Straße betrete und sein Haus vor mir auftaucht.

›Kern ist ein lebender Hexer, der träumend in seinem Bett liegt, während sein Astralleib draußen herumgeht.‹

Den Satz schrieb ich während einer Auditorenkonferenz in Neubrandenburg. Ich schrieb ihn in den Kalender und sah mich wie von weit oben. Das Bedürfnis, zwischen Wissenstests und Feedback-Diskussionen plötzlich »Blut!« oder »Ficken!« zu rufen, entsprach nicht dem, was die Anwesenden von einem Dozenten erwarteten.

Ich ließ mich vertreten und benötigte bis Eggesin eine knappe Stunde.

»Mein Mann ist nicht da. Was wollen Sie von ihm?«

Ein bellender Hund warf sich gegen den Gartenzaun. Die Hausherrin trug einen Kimono.

»Ich bin ein ehemaliger Armeekollege. Wann kommt Ihr Gatte nach Hause?«

»Spät. Er arbeitet in Neubrandenburg.«

Staunend dachte ich: So eine Frau hat er also. Der Köter passte eher ins Bild.

»Hätten Sie eine Handynummer?«

»Sicher. Sie fragen wegen des geplanten Veteranentreffens?«

»Genau.«

Am Abend wählte ich seine Nummer. Den Fernseher des Hotels hatte ich auf stumm gestellt. »Hallo?«, fragte Kern. Die Stimme erkannte ich sofort.

»Guten Tag. Mein Name ist Stefan Brenner. Ich habe in Ihrer Einheit gedient.«

Kern atmete aus, bevor er nachfragte:

»Von wem haben Sie meine Telefonnummer?«

»Von Ihrer Frau. Bitte entschuldigen Sie meine Aufdringlichkeit. Ich bin gerade in der Gegend und würde mich freuen, wenn Sie die Zeit für ein Gespräch fänden.«

»Worum geht es?«

Kern schien nicht zu begreifen, wer ihn anrief.

»Wissen Sie, das war eine aufregende Zeit, an die man sich oft erinnert. Manches ist klar. Über anderes würde man sich gern austauschen.«

»Wie war Ihr Name?«

»Stefan Brenner.«

»Herr Brenner, eines sage ich Ihnen gleich, ich kann mich bestimmt nicht an Sie erinnern. Wenn Ihnen an einem Treffen so viel liegt, müssten Sie nach Neubrandenburg kommen.«

»Dort bin ich bereits.«

Wir verabredeten uns für den nächsten Tag in einem Restaurant an der Bundesstraße. Es lag auf einem Hügel, kilometerweit vor der Stadt.

Ich war eine Viertelstunde vorher da, saß im Auto und versuchte herauszufinden, weshalb ich gekommen war. Zum Reden? Dann stieg er aus einem weißen Passat, und ich folgte ihm.

»Hallo!«, begrüßte er mich. Von der Kellnerin abgesehen, befand sich niemand sonst im Gastraum.

»Ich habe zuerst gedacht, Sie wären dieser Brauner. Aber der hatte einen schrecklichen Akzent. Das habe ich schon am Telefon bemerkt, dass Sie der Brauner nicht sein können.«

»Wie gesagt, ich heiße Brenner. Sie waren in Eggesin mein Kompaniechef.«

»Tja. Ihr Gesicht ... seien Sie mir nicht böse. Im Laufe der Jahre habe ich mit so vielen Menschen gearbeitet ...«

Die Kellnerin unterbrach uns. Er bestellte Bier, ich Cola. Das von ihm verwendete Wort ›böse‹ pikte wie ein Spielzeug-Dolch. Wusste er wirklich nichts mehr? Ich schwieg und trank mein Glas leer.

»Herr Brenner, ehrlich gesagt, habe ich keine Ahnung, ob Sie einer von den Guten oder einer von den weniger Guten gewesen sind.«

»Ist das eine Frage?«

»Nicht unbedingt, aber wenn Sie antworten wollen.«

»Wollen Sie mir weismachen, dass Sie sich nicht an mich erinnern?«

»So leid es mir tut.«

Der redliche Ausdruck in seinem Gesicht war erschreckend. Er trug einen violetten Anzug mit Schulterpolstern. Auf seiner Krawattennadel sprangen zwei Pferde über ein Hindernis. Ich stotterte:

»Sie haben sich kaum verändert.«

»Das werte ich als Kompliment. Vielen Dank.«

»Wissen Sie eigentlich, wie wir Sie damals genannt haben?«

»Echse«, entgegnete er und blickte auf die Uhr.

Der Anflug von Verlegenheit gab mir ein wenig Auftrieb

»Mich interessiert, wie Sie heute über all das denken.«

»All das?«

»Ihre damalige Verantwortung.«

»Welche meinen Sie?«

»Die Verantwortung für achtzehnjährige Rekruten.«

»Wenn Moral und Gerechtigkeit Ihre Probleme sind, dann weise ich auf die Zeitumstände hin. Wofür wurden Sie ausgebildet? Um an Paraden teilzunehmen?«

»Verstehe.«

»Tatsächlich? Wir hatten junge Männer auf einen Krieg vorzubereiten. Samthandschuhe waren da fehl am Platz.«

Ich lief völlig neben der Spur. Fiel zu sprechen schon einmal schwerer? Einen Moment hatte ich geglaubt, auf Anzeichen von Zerknirschung zu stoßen. Aber blitzartig zog er die Angriffsfläche zurück.

»Wissen Sie, ich habe dieses Kapitel abgehakt. Was ich getan habe, war meine Pflicht.«

Viktor, ich durfte nicht länger warten und musste ihn endlich nach Viktor fragen!

»Ticken Sie noch richtig?«, stieß ich hervor und verhedderte mich in Anschuldigungen, er hätte Viktor aufs Korn genommen, weil der nach oben melden wollte, dass die Kompanieführung Schießergebnisse frisierte.

»Traue keiner Statistik, die du nicht selbst gefälscht

hast!«, gab Kern zurück. Angeblich war das ein Zitat Winston Churchills.

Ich wollte aufspringen und ihm ins Gesicht schlagen. Junge Frauen mit Styropor-Behältern voller Essen verließen die Küche. Ihr lebhaftes Geplapper ließ uns gemütskrank aussehen. Ich wollte gehen. Kern knabberte an seinen Fingernägeln. Da die Kellnerin nicht erschien, blieben wir sitzen. Ich fragte:

»Warum sind Sie hergekommen?«

»Ich war neugierig.«

»Worauf?«

»Auf Sie, auf die andere Perspektive.«

»Und – kommen Sie auf Ihre Kosten?«

»Seien Sie doch nicht so verbittert! Sie machen sich nur das Leben schwer.«

Draußen schoben sich graue Wolken über Kohlfelder.

Dieser hypnotische Aal wollte mich auch noch trösten.

»Sie …«

»Ja?«

»Ich …«

»Spucken Sie's aus!«

»Nein, es hat keinen Sinn.«

Er begann, über seinen Job zu reden. 1989 begriff er, dass die Militärakademie, auf die er delegiert werden sollte, keine Zukunft bot. Also ging er zur Bahn. Schon lange arbeitete er als Personalmanager, entschied über Eisenbahner-Karrieren. Welch Menschenprofi er geblieben war, bekam ich zu spüren.

»In einem modernen Unternehmen läuft das nicht viel anders als früher.«

»Was meinen Sie?«

»Um beim Thema Verantwortung zu bleiben. Wenn ein Mitarbeiter etwas aus dem Lager der Kantine stiehlt, zu Hause aber drei Kinder und eine arbeitslose Frau warten, muss ich scharf nachdenken.«

»Das dürfte Ihnen nicht schwerfallen.«

»Ihnen von meinen schlaflosen Nächten zu erzählen, macht wohl keinen Sinn.«

»Doch, das macht Sinn!«

»Inwiefern?«

»Es zeigt, dass Sie unter einem gewissen Rechtfertigungsdruck stehen.«

»Das ist nicht der Punkt.«

»Das ist genau der Punkt.«

»Ich möchte zahlen!«, rief er und machte zum Ende Small Talk über die Autobranche. Ich konnte ihm nicht folgen. Erst im Nachhinein wurde mir bewusst, dass sein Gerede über zu wenig Mobilfunkanschlüsse in Dienstwagen und das seiner Meinung nach in Deutschland fehlende Autohaus mit einem Sonderservice für Premiumkunden ein Versuch war, es mir auch auf meinem Feld zu zeigen.

Wir trennten uns auf dem Parkplatz. Er prüfte sein Handy und stieg in den Wagen.

Rauchend sah ich auf wirsinggrüne Flächen.

Bevor Kern auf die Straße bog, hielt er neben mir an, senkte die Scheibe und fragte:

»Wissen Sie, worauf ich besonders stolz bin?«

Ich reagierte nicht.

»Darauf, dass während meiner Zeit als Truppenführer niemand starb oder verunglückte.«

Klack, klack eile ich durch die Siedlung. Akkurat geschnittene Hecken. Verschlossene Garagen. Von den Häusern stehen Satellitenschüsseln ab wie weiße Ohren. Kerns Haus ist eins von den neueren, nach der Wende gebauten. Rosa schimmert es auf einem Eckgrundstück. Ich halte darauf zu und lege Zwischenhüpfer ein, so sehr packt mich die Lust am Vorwärtskommen. Kurz vor dem Ziel klingelt mein Handy.

»Hallo, Gudrun.«

»Stefan, du musst sofort kommen!«

»Was ist los?«

»Rohde war eben hier. Er stand vor unserer Tür und hat erklärt, dass er dich holen müsse.«

»Wie bitte?«

»Ja, er hat gesagt, dass er der Bote wäre. Die Zeit sei gekommen, dich mitzunehmen.«

»Was soll das?«

»Stefan!«

Ihr fiel der Telefonhörer runter. Ich höre ein Piepen, dann wieder ihre Stimme:

»Ich habe Angst, bitte komm her!«

»Beruhige dich. Was ist passiert? Rohde wollte mich abholen?«

»Er hat holen gesagt. Er stand auf unserer Terrasse und trug eine Art Stahlhelm.«

»Einen Stahlhelm?«

»Ja, keine Ahnung. Hintendran waren so kleine Flügel.«

»Bist du sicher, dass es Rohde war?«

»Ich habe immer gesagt, dass der Typ verrückt ist. Was soll ich machen?«

»Was hast du gemacht?«

»Ihm die Tür vor der Nase zugeschlagen natürlich.«

»Und dann?«

»Dich angerufen!«

»Wo ist er jetzt?«

»Das weiß ich nicht.«

»Schau nach! Er hat nicht mehr geklingelt oder geklopft?«

»Ich habe nichts gehört. Stefan, ich drehe durch vor Angst.«

»Rohde dreht durch, wenn überhaupt. Wo ist Manuel?«

»In der Schule.«

»Gut. Kannst du Rohde irgendwo sehen?«

»Ja! Er geht wieder rüber zu sich.«

»Na also. Das ist ein Missverständnis. Wahrscheinlich wollte er dir irgendwas im Garten zeigen.«

»Mit einem geflügelten Stahlhelm auf dem Kopf?«

»Du kennst ihn doch.«

»Hör auf, mich nicht ernst zu nehmen.«

»War es gespenstisch?«

»Ja! Erinnerst du dich, als wir die Einfahrt pflastern ließen und er die ganze Zeit am Zaun gestanden hat?«

»Gudrun, er ist ein einsamer Rentner. Warum soll er nicht am Zaun stehen dürfen?«

»Du hast dieses Gesicht nicht ertragen müssen. Was glaubst du, was ich mir anhören musste?«

»Du hast es mir erzählt.«

»Stefan, komm her! Bitte!«

»Es geht nicht. Ich wäre sowieso erst in drei Stunden da.«

»Du lässt mich hier allein?«

»Lasse ich nicht. Du gehst in die Küche, kochst dir einen Tee und wartest auf Manuel. Wenn irgendetwas sein sollte, rufst du an, okay?«

Auflegen. Grübeln. Vor zwei Monaten haben wir die Einfahrt befestigen lassen. Große schwarze Pflastersteine sind an Rohdes Zaun entlang in den Boden gerammt worden, eine breite Spur bis zur Garage und ein Rechteck für den Besucherparkplatz. Von den Arbeiten habe ich nicht viel mitbekommen. Wenn ich nach Hause kam, war der Bautrupp weg, nur Schubkarren voller Werkzeug und die Ramme standen da.

Gudrun zog über Rohde her, für den die Umgestaltung unseres Grundstückes wichtig zu sein schien. Stundenlang hätte er ausgeharrt und mit den Arbeitern gefachsimpelt. Gudrun hielt sein Geschwafel kaum aus. Wir seien umsichtige Nachbarn, würden dafür sorgen, dass weniger Autos auf der Straße parkten und er dort ungehindert fegen könnte.

Wann hatte ich das letzte Mal mit Rohde geredet? An dem Morgen, als ich Manuel in die Schule brachte? Ich fuhr einen gemieteten Jeep, und Rohde gratulierte vom Fenster aus: »Was für ein Auto. Das ist ja groß wie ein Flugzeug!«

Wann fand das letzte Gespräch zwischen uns statt? War es der Wortwechsel über die tote Taube im Vorgarten? Rohde vermutete, dass ein Fuchsweg die Grundstücke kreuze. »Wildtiere wandern herum und fressen. Sie fressen eine Menge!«, höre ich ihn sagen.

Wer ist der Nachbar überhaupt? Für einen Moment kommt er mir vor wie eine Entgleisung unserer Psyche.

Da meldet sich Gudrun erneut.

»Was gibt's?«

»Er ist wieder da.«

»Wo?«

»Auf der Terrasse.«

»Was macht er?«

»Nichts. Er glotzt unsere Tür an.«

»Hat er nicht geklingelt?«

»Nein.«

»Er steht nur da?«

»Ja, aber er hat sich umgezogen, seine ...«

»Hallo?«

»Er ...«

»Gudrun, sprich mit mir!«

Sie flüstert.

»Warte mal. Ich stehe hinter der Gardine. Er hat immer noch den Stahlhelm auf. Dazu trägt er jetzt aber ein Nachthemd und kniehohe Sandalen.«

»Er will zum Fasching.«

»Im Juli?«

»Tja. Was machen wir jetzt?«

»Das wollte ich eigentlich von dir erfahren.«

»Rohde im Nachthemd übersteigt meine Vorstellungskraft.«

»Irgendwo dröhnt laute Musik, hörst du das?«

»Nicht wirklich.«

»Es wird immer lauter. Moment, ich gehe ins Wohnzimmer. Es muss von Rohdes Seite her kommen.«

»Jetzt höre ich etwas.«

»Es dröhnt direkt aus seinem Haus.«

»Halte das Telefon bitte mal aus dem Fenster!«

»...«

»Das ist die Cecilienmesse von Gounod.«

»Ich bin beeind– S t e f a n ! «

»Was?«

»Da ist er! Er sitzt neben seinem Haus auf der Hollywoodschaukel und schläft.«

»Ich denke, er steht bei uns vor der Tür?«

»STEHT ER JA AUCH!«

»Hast du irgendwas genommen?«

»Was denn genommen? Dringt das Scheppern nicht zu dir durch?«

»Ich höre Gounods dritten Satz.«

»Verdammt noch mal. Rohde schläft drüben unter dem Baum.«

»Und wer ist dann der Typ an unserer Tür?«

»Bleib dran.«

»Ich bleib dran.«

»Da ist keiner mehr.«

»Da ist keiner mehr?«

»Wiederhol nicht dauernd, was ich sage!«

»Gudrun, ich muss Schluss machen.«

»Nein!«

»Was noch?«

»Ich rufe wieder an, ja?«

Ich erreiche das rosa Haus, an dem es so still ist wie in der gesamten Siedlung, und überlege, ob ich klingeln soll oder besser warten.

Weil diese Fassade jeden, der davorsteht, in eine Comicfigur verwandelt, tendiere ich zum Klingeln. Andererseits will ich den allgemeinen Nachmittagsfrieden nicht stören.

Die Dinge entwickeln sich besser aus sich selbst heraus.

Aber was mache ich hier? Das alles liegt weit zurück. Kern war skrupellos. Er hat Viktor gejagt, zur Strecke gebracht und wieder vergessen. Aber er hat ihn nicht aufgehängt. Das hat Viktor selbst getan.

Will ich wirklich einer Kreatur ans Leder, die sich die Hände nie schmutzig gemacht hat? Es würde aussehen, als hätte ich einen Schachspieler mit der Axt erschlagen.

Die Vorstellung, ihn zu beschimpfen, ihn niederzustrecken und vor den Augen seiner Familie auf ihm herumzutrampeln, ist nicht ohne Reiz. Doch es würde die Zerstörung besiegeln. Die Partie, die ich gegen diesen Mann spiele und spiele, mit immer neuer Hoffnung auf Sieg und Ruhe, wäre verloren.

Viktor hinterließ mir einen Brief. Er hatte mit falschem Absender an meine Berliner Adresse geschrieben. Dass die Nachricht überhaupt ankam, war ein Wunder. Meine Mutter steckte den Brief einfach in ein größeres Kuvert, und eine Woche nach Viktors Tod hielt ich ihn in den Händen.

Lieber Stefan,
bitte entschuldige, dass ich nicht mehr mit Dir sprechen wollte. Die Ereignisse haben mich überrollt. Ich kann nicht einfach darüber reden, auch mit Dir nicht. Umso mehr möchte ich Dir eine schriftliche Erklärung geben oder es zumindest versuchen. Was morgen geschehen wird, hat nichts mit meinem Privatleben zu tun. Auch die Haftzeit in Schwedt war nicht ausschlaggebend. Meine Gründe liegen woanders:
Irgendein Revolutionär hat einmal gesagt: »Und ob sie uns zerbrechen, sie beugen uns doch nicht.« Der

Spruch ist gut, aber er gilt nicht mehr. Er stammt aus Zeiten, die längst vorbei sind. Es war eine Zeit, als fortschrittliche Menschen verhaftet, verfolgt und getötet wurden, ja, aber es war eine Zeit, in der im Kampf Regeln galten.
Heute wäre es eine romantische Floskel, ein völliges Missverstehen der Kraftverhältnisse, zu Leuten wie Kern zu sagen: »Ihr könnt mich zerbrechen, beugen jedoch nicht.« Es wäre eine Selbsttäuschung, dies zu sagen. Es wäre ein Verkennen der Macht dieser Leute. Es wäre Selbstbetrug.
Leute wie Kern richtig einzuschätzen – leider habe ich diese Erfahrung machen müssen und bin ohne alle Illusionen –, heißt zu wissen: Leute wie Kern werden mit dem, den sie als Gegner glauben behandeln zu müssen, alles tun, was ihnen richtig erscheint. Sie werden ihn nicht nur brechen, sie werden ihn nicht nur beugen, sie werden ihn nicht nur zermürben und zerreiben wie eine Ameise, sie werden ihn, falls sie Gefallen daran finden, auch tanzen lassen wie einen Bären oder quieken lassen wie ein Schwein. Und wenn es ihnen, diesen Leuten wie Kern, gefällt, dann werden sie ihn auch verzaubern, und er wird nicht nur tanzen und quieken, er wird auch glauben, nie etwas anderes gewesen zu sein als ein Bär oder ein Schwein.
Wer heutzutage an Gesetze glaubt, der ist naiv, so wie ich es gewesen bin. Für Leute wie Kern gelten keine Gesetze. Sie stellen die Gesetze selbst auf, nach Belieben.
Ich betrachte das Ausweichen in den Tod als die einzige Möglichkeit, meinem Zerbrechen zu entgehen.

Du zweifelst? Du fragst Dich, wie ich so etwas nur tun kann?
Anfangs hatte ich Eingebungen. Ich konnte kein Fensterkreuz ansehen, ohne mir vorzustellen, wie es wäre, daran zu hängen. Ob es mich aushalten würde. Als Gudrun noch im Krankenhaus war, habe ich ihre Sachen gebügelt und überlegt, das Kabel durchzuschneiden. Beim Telefonieren glitt die Schnur prüfend durch die Finger. Auf der Straße, beim Einkaufen – der Wunsch wurde zum ständigen Begleiter.
Ich entschied mich fürs Erhängen. Irgendwo hatte ich aufgeschnappt, dass zwei Drittel aller Selbstmörder sich aufknüpfen.
Den ersten Versuch unternahm ich in Gudruns Wohnung. Ich fand im Bad eine Wäscheleine, band den Knoten, den ich seit Kindertagen beherrsche, steckte den Kopf durch die Schlinge und hockte mich vor die Heizung. Heizungen sind hilfreich. Besonders die schweren alten Modelle mit den kantigen Rippen.
Ich bin schnell an den Rand der Bewusstlosigkeit gelangt, bekam Krämpfe und Zuckungen und dachte: was für ein Kinderspiel. Ich zog meine besten Sachen an und putzte mir sogar die Schuhe.
Schwer zu sagen, was ich danach eigentlich falsch gemacht habe. Wieder röchelte ich und zog stärker, aber dann fiel mir ein, dass ich keinen Brief hinterlassen hatte, dass Gudrun nicht in die Wohnung gelangen konnte, weil ich ihren Schlüssel hatte, lauter solche Sachen. Mir kam der Hass abhanden, ohne den es nicht geht. Der Strick scheuerte. Die Schlagader pikte.
Dem folgten zwei Versuche im Militärgefängnis, aber sie waren halbherzig.

Die nötige Kraft werde ich erst in unserer Baracke aufbringen.
Verzeih mir und leb wohl.

Viktor

An diesem Morgen mussten wir in den Zimmern bleiben. Kein Frühsport, keine Morgentoilette. Verlängerte Nachtruhe bis acht Uhr dreißig. Ein Spezialkommando rückte an. Vier Mann – ein offenkundig eingespieltes Team. Ihre Handzeichen, die Geschmeidigkeit, mit der sie sich bewegten, Taschen abstellten, sich daraus bedienten und alles sondierten, ließen keinen anderen Schluss zu. Durch den Türspalt starrte ich in den Flur.

Drängler hinter mir stieß ich weg.

Leute in weißen Kitteln kamen hinzu, füllten Papiere aus, frequentierten den Waschraum. Mitunter flackerte von drinnen ein Blitzlicht. Mehr war nicht zu erkennen. Ich wusste, dass Viktor hinter der Wand lag.

Der Diensthabende war morgens auf die Toilette gegangen, hatte ihn entdeckt, nach dem Sanitäter geschrien und sich dann neben seinem Diensttelefon übergeben.

Assistent an diesem Morgen war ein Idiot aus dem Nebenzimmer. Er stürzte ins Zimmer und gefiel sich als Todesbote. »Melander hat sich aufgehängt.«

»Nein!«, rief ich.

Bevor ich ihn anspringen konnte, war er wieder draußen.

Zweifel. Taubheit. Neben Kern standen zwei Majore, die ich noch nie gesehen hatte. Ich stierte in den Flur und verstand nicht, was geredet wurde. Zwischen den

Offizieren ging es diskret zu. Ab und an stemmte Kern die Arme in die Seite oder wischte sich über die Stirn. Ein grauer Kunststoffsarg wurde hinausgetragen. Der Waschraum blieb den ganzen Tag gesperrt.

Es folgte keine Stellungnahme, kein Sonderappell, sondern Dienst nach Plan, als wäre nichts geschehen. Am nächsten Morgen hing eine Mitteilung des Politoffiziers an der Tafel. Darin wurde aufgerufen, mit bestimmten Problemen der Bewusstseinsbildung zukünftig an die Vorgesetzten heranzutreten. Was sollte das sein? Ein Angebot?

Sie spielten das Vorkommnis herunter. »Halten wir den Ball flach«, forderte Kern in einer Dienstbesprechung. So erzählte es einer einem anderen. Der erzählte es weiter. Am Ende wussten es alle, und es sagte nichts.

Mein Stiefvater war tatsächlich in der Kaserne gewesen, hatte aber mit Kern nicht gesprochen und hielt dies auch nicht für nötig. Im Urlaub konnte ich seinen Interpretationen zuhören. Ursachen von suizidalem Verhalten wären hauptsächlich in der Persönlichkeitsstruktur zu suchen. Viktor hätte sich in einer Konfliktsituation befunden, in die er aufgrund seines Charakters und bedingt durch eine gewisse Willensschwäche geraten wäre.

»Dein Freund war außerstande, den Konflikt im Interesse unserer sozialistischen Gesellschaftsordnung zu lösen«, wurde mir erklärt.

Später konnte hinzugefügt werden:

»Die Untersuchungen haben ergeben, dass kein direktes schuldhaftes Verhalten von Vorgesetzten des Kollektivs vorlag.«

Von da an wich Kern mir aus. Keine Vorladung. Keine Ansprachen im Dienst. Kein zusätzliches Revierreinigen. Auch für die übrigen Chargen war ich Luft, was mich kaum aufmunterte. Die Ruhe war trügerisch. Viktor konnte nicht einfach tot sein. Sein Abgang war ein Gerücht. Der Wehrdienst machte sich mit makabren Tricks interessant.

Bei der Wache an einem im Wald gelegenen Munitionslager schrillte nachts die Alarmglocke. Das in die Erde gegrabene Depot war von zwei Sperrzäunen umgeben, außen Stacheldraht, innen Hochspannung. Der blinkende Kontrollkasten signalisierte, dass ein Stromschlag ausgeteilt worden war und das betroffene Objekt nun auf der Leitung lag. »Wahrscheinlich was Größeres«, meinte der Wachhabende. Er schaltete die Anlage aus und schickte mich los. Mit der Taschenlampe leuchtete ich den Draht ab und stieß auf einen verschmorten Dachs. Ich packte den Kadaver am Schwanz und schleuderte ihn in die Nacht. Der Aufprall hallte lange nach. Das dumpfe Geräusch ließ sich nicht abschalten.

Bum. Und wieder: Bum.

XIV

3 h vor dem Schuss
Ingo Kern verliert seinen Sekundenzeiger

Tiefgarage des Hotels. Ich quetsche mich in den Wagen, wobei ich mit dem Arm gegen den Pfeiler dresche. In dem Moment klingelt mein Handy.

»Georg!«, freue ich mich und blicke dabei auf die Uhr. Sie hat den Schlag abbekommen. Der Sekundenzeiger springt losgelöst übers Ziffernblatt.

»Kannst du ins Stellwerk kommen?«

»Ich bin in Rostock!«

»Wolltest du nicht am Abend nach Eggesin fahren?«

An der Ausfahrt schiebe ich das Kärtchen ins Lesegerät und schieße die Rampe hoch.

»Okay, wann beginnt deine Schicht?«

»In einer Stunde.«

»Immer noch das Stellwerk hinter dem Bahnhof?«

»Immer noch.«

Dass ich darauf eingehe, hat mit den Kräften zu tun, die uns binden.

Stadtauswärts lande ich sofort im Stau. Die drückend heiße Luft vermengt sich mit Abgasen, und das von der Klimaanlage kaum bewältigte Gemisch verpestet die Fahrerkabine. Vor mir schleicht ein silberfarbener Van. Dicht über ihm kreist ein Schwarm Stare. Es wirkt, als wollten sich die Vögel im Lack spiegeln.

Begebnisse der letzten Stunden kehren zurück. Angefangen mit Karoline, die nach dem Vortrag fragte, warum ich an den Stand gekommen sei, ob ich kein Vertrauen in ihr Verhandlungsgeschick hätte. »Sicher, als Unterhändlerin bist du großartig«, wehrte ich ab und musste mich zusammenreißen, die einsickernde Skepsis unter Verschluss zu halten.

Während des Vortrags klapperte und brummte etwas in der Wand neben dem Pult. Es gelang mir, den Krach zu ignorieren. Wie kann es sein, dass er jetzt zu hören ist? Ich spüre eine Gereiztheit, als würde ich langsam splittern.

Während der Stau sich auflöst, bin ich ein flatternder Flügel des Schwarms. Ich gebe Gas, und eine letzte Messeszene drängt sich auf. Im Eingangsbereich wurde ein junger Mann vom Sicherheitsdienst unsanft vor die Tür gesetzt. Mit stark holländischem Akzent brüllte er: »Ihr Faschisten! Lasst mich los!«

Keine Lust, darüber nachzudenken. Klassiksender rein. Blick auf die Straße.

In Neubrandenburg rufe ich Georg an.

»Wie komme ich überhaupt rein?«

»Das Tor ist offen?«

»Wieso das?«

»Auf dem Gelände hat ein Lkw rangieren wollen und alles beschädigt.«

»Und wann war – ach, vergiss es. Ich bin gleich da.«

Ich halte direkt vor dem Stellwerk, einem roten, mindestens hundert Jahre alten Backsteinbau. Georg steckt den Kopf aus einem Fensterchen im zweiten Stock und winkt. Das Bild will mich an etwas erinnern, worauf ich nicht komme. Ich steige die ächzende Treppe hoch. Dass dies kein Taubenschlag oder verrotteter Treffpunkt für Trainspotter ist, merkt man, abgesehen vom Türsummer und der Kamera, erst in Georgs Arbeitszimmer.

Er nuschelt: »Schön, dass du gekommen bist«, kocht Kaffee, und ich sitze vor einem langen Pult voller blinkender Knöpfe und Schalter.

Irgendwann war ich schon einmal hier, um etwas abzuholen, aber da war es dunkel und ich war in Eile. Das bin ich auch heute, was mich nicht hindert, an dem verwahrlosten Kabinett Gefallen zu finden. Unter den Fenstern hängen dicke Decken gegen Durchzug, Schränke und Regale werden von vermutlich fleischfressenden Topfpflanzen überwuchert, in der Ecke liegt ein Haufen ausrangierter Telefone und Wechselsprechanlagen. Der Raum wirkt wie ein Eisenbahnmuseum, in dem gezeigt werden soll, wie es wirklich zuging. Wenn ein Zug vorbeidonnert, klirren die Scheiben und die Dielen vibrieren. Der herumschwirrende Staub reflektiert das Sonnenlicht.

Georg serviert Kaffee, und ich sehe ihn an. Meinen Bruder.

Es gibt Mitarbeiter, denen mit der Aufhebung des Uniformzwanges kein Gefallen getan wurde.

Vielleicht bin ich so pingelig, weil Georg jemand ist, dem für meine Begriffe nichts stehen kann, weil Kleidung, die seiner Bedeutung für mich entspricht, erst erfunden werden muss. Als Junge himmelte ich ihn an und lernte im Laufe der Jahre, darüber zu lächeln. Spitzer Bauch, dünne Storchenbeine, unter der Mütze versteckter Haarkranz – mein Bruder sieht aus wie unser Vater.

Heute trägt er ein Holzfällerhemd, dazu tintenblaue Jeans mit stramm sitzenden Hosenträgern, die seine

Frotteesocken und Gesundheitsmokassins enorm zur Geltung bringen.

Er mustert mich.

»Ingo, hast du das genau überlegt?«

»Ach, komm.«

Er erhebt sich und muss mehrere Schalter umlegen.

»Solveig und du, ihr wart doch …«

Er sucht den rechten Ausdruck.

»Zufrieden?«

»Ja, was ist schlecht an Zufriedenheit?«

»Nichts. Eine Ehe sollte nur ein wenig mehr bieten.«

»Mehr, mehr. Glaubst du, Petra und ich waren nie davor aufzugeben? Komm zur Besinnung, Ingo! Denk an die Kinder!«

Es ist die tausendmal durchgekaute Logik des Durchhaltens.

»Du musst mich nicht agitieren!«

»Ich agitiere?«

»Tust du.«

»Selbst wenn. Ich möchte nur anmerken, dass du den Fehler deines Lebens machst. Willst du wirklich zu diesem Püppchen ziehen?«

»Kann es sein, dass wir über gewisse Dinge anders denken?«

Er zupft an den Hosenträgern und tänzelt vor und zurück. Offenbar wartet er auf den Gegenschlag des Abtrünnigen. Ich bemerke, dass sein linker Daumennagel blauviolett ist, und stelle mir vor, wie er mit dem Hammer darauf hieb und fluchend zum Wasserhahn rannte.

Es dämpft meinen Unmut.

Am liebsten möchte ich ihn nach Wagnissen fragen,

nach den verbliebenen Reizen seines Lebens, aber ich lasse es, weil ich nicht weiß, wie er reagieren würde. Ich nehme an, ein Abenteuer besteht für ihn inzwischen darin, in einem Park oder am Wegrand diskret zu urinieren, etwas in der Art. Aber ich weiß es nicht und will es auch nicht wissen, denn mit den Bildern voneinander leben wir gut. Nach einer Weile atmen wir ruhiger. Ich frage

»Was machst du hier die ganze Nacht?«

»Meist sortiere ich Urlaubsbilder oder höre Musik. Nur während der absoluten Betriebsruhe, natürlich.«

Es gelingt uns zu lächeln und mir fällt ein, woran mich sein Kopf am Fenster vorhin erinnert hat. An Rapunzel. Hätte er mich an den Haaren ins Stellwerk hinaufgezogen, wäre das ein Argument gewesen, in den Schoß der Familie zurückzukehren. So aber sehe ich ihn nüchtern. Ich frage mich, wie dieser Mensch mir einst raten konnte, Ausstellungen in ehemaligen Lagern zu besuchen, um Verhörmethoden zu studieren.

Wohin ist der Scharfmacher von damals verschwunden?

Bei einem unserer Spaziergänge mit Fredo entwickelte er die Wachhundtheorie. Es gab dort ein Gehöft, das ein massiger Rottweiler sicherte. Mit einem Bellen, das durch Mark und Bein fuhr, warf sich die Bestie jedes Mal gegen den Zaun. Georg versuchte immer, Fredo an dieser Stelle Kommandos beizubringen, aber unser zitternder Hund konnte sich nie konzentrieren. Eines Tages wartete das Untier plötzlich vor dem Zaun. »Sieh nicht hin und geh weiter«, raunte Georg und nahm Fredo an die Leine. Als wir zwanzig Meter entfernt waren, begann er wie üblich mit Fredos Training. »Sitz«,

»Platz«, »Bleib«. Seine Stimme war laut und fest. Der Rottweiler setzte sich erst und sah zu, dann jaulte er und lief davon. Wir hüpften vor Freude und Erleichterung. Mit untypischem Redefluss versuchte Georg, das Phänomen zu deuten: »Hinter dem Zaun droht er. Vor dem Zaun hat er selbst Angst. Was heißt das?« Ich sehe uns über den aufgeweichten Acker laufen. Georg erklärte, dass man im Leben Rollen spielen müsse, die mit dem wahren Gesicht wenig zu tun hätten. Daraus leitete er die Notwendigkeit ab, Menschen genau zu analysieren.

»Wenn du weißt, wie sich jemand vor und hinter dem Zaun verhält, weiß du alles über ihn.«

Unvergessene Lehrstunde. Damals war er achtzehn und ich elf.

»Danke für den Kaffee. Ich muss.«

Er springt auf.

»Ich begleite dich, wenn du willst.«

»Du hast doch Dienst!«

»Das ließe sich organisieren!«

»Aber warum?«

»Ich möchte, dass du noch einmal mit Solveig redest.«

»Unter deiner Anleitung? Willst du unsere Aussöhnung beaufsichtigen?«

»Ich möchte nur helfen.«

Er fuchtelt mit den Armen, und ich entgegne:

»Auf deine Hilfe kann ich verzichten.«

»Das war nicht immer so.«

Er spielt auf seinen Freund Achim Kramer an, ehemaliger Militärstaatsanwalt, heute Inhaber zweier Kanzleien (in Neubrandenburg und Berlin). Kramer verfasste den abschließenden Untersuchungsbericht zum Tod Viktor Melanders.

»Ich weiß, was ich dir schulde.«

»Ach, ja? Wenn Achim nicht an den Schräubchen gedreht hätte, wäre es das für dich gewesen. Dann wärst du abgewandert und würdest heute über eine, sagen wir mal, enorme Kompetenz im Falten von Papiertüten verfügen.«

»Dazu wäre es nicht gekommen.«

»Nein? Hast du die Akte nicht gelesen? Dein Vorgehen schlug Wellen bis ganz oben. Die wollten dich abschießen, Brüderchen. Diesen Spinner habt ihr doch zersetzt bis zum Schluss, weil er deine kleinen Manipulationen aufdecken wollte.«

»Jaja.«

»Was heißt jaja?«

»Gar nichts.«

»Was anderes – hast du Achims Handynummer?«

»Nein, wieso?«

»Hier, speichere sie. Ohne Anwaltsnummer solltest du nicht unterwegs sein. Achim macht auch Verkehrsrecht.«

Artig gebe ich die Koordinaten ein. In die Stille sagt Georg:

»Wäre ich zehn Jahre jünger, würde ich kaum in dieser Bruchbude Nachtdienste schieben.«

»Für einen, der richtig dabei war, geht's dir doch gut.«

»Was ist schon gut?«

»Na ja, von der Überlegenheit des Sozialismus musst du niemanden mehr überzeugen.«

»Soll das komisch sein?«

»Nein.«

»Ich habe Marx aus freien Stücken gelesen. Seit meinem fünfzehnten Lebensjahr.«

»Ich weiß.«

»Menschheitshoffnung, verstehst du.«

»Verstehe.«

Von einem Luftzug segeln Papiere auf den Boden. Wir bücken uns und sammeln sie wieder ein.

Kurz darauf steige ich ins Auto. Er winkt wieder aus seinem Burgfensterchen und ruft, dass er nachkommen wird. Meint er das ernst?

Die Unbeholfenheit des Ostens kann mir gestohlen bleiben. Schäbige Stellwerke, demolierte Tore. Brüder, die sich einmischen. Ich möchte das hinter mir lassen.

Ich habe Georg nicht erzählt, dass ich vor zwei Monaten bei einem Wochenende in Dresden Leutnant Schnur wieder traf. Wir kamen uns auf den Elbwiesen entgegen – er offenbar in Begleitung seiner Frau, ich mit Karoline. Dass wir uns erkannten und zur Seite sahen, hing nicht mit der optischen Diskrepanz unserer Gefährtinnen zusammen.

Schnur war einer der Zugführer meiner Kompanie. Ein korrekter, um militärische Pflichterfüllung bemühter Sachse. Bei einem Regimentsmanöver im Januar 1989 sollte Schnur, dessen Einheit an der Flanke lag, das Zeichen zum Vorrücken geben. Weil es neblig war und er sich überlegt hatte, dass die Leuchtrakete bei einem Senkrechtstart nicht weit genug zu sehen wäre, schoss er sie halbhoch ab. Unglücklicherweise führte dies dazu, dass das Signalmittel drei Sterne rot im Oberschenkel eines Rekruten explodierte. Ich sah, wie sie den armen Kerl in den Sankra schoben. Er starb tags darauf und Schnurs Laufbahn nahm Schaden. So kurz nach der Geschichte mit Melander wurde bei ihm nicht gefackelt. Degradierung. Parteiausschlussverfahren. Strafversetzung.

Erst hinter Neubrandenburg packt mich sommerliches Hochgefühl. Ein einzelnes Bäumchen am Straßenrand streckt seine grünen Äste in den noch immer hellen Abendhimmel.

Ich bekomme Lust, über mich zu lachen, aber ein geeignetes Schlamassel fällt mir erst ein, nachdem ich aufgebe, danach zu suchen.

Kurz nach der Wende saß ich im Flugzeug und betrachtete die Päckchen, die mir die Stewardess gegeben hatte. ›Earl Grey Tea‹ stand dort in kringeliger Schrift, die umgeben war von Wiesen und einem malerischen Landhaus. Ich bestellte heißes Wasser, riss ein Tütchen auf, ließ das darin befindliche Kissen drei Minuten ziehen und trank. Es schmeckte furchtbar, wie Seifenlauge, aber ich war zu allem entschlossen, nahm mehr Zucker und leerte meine Tasse. Zu Hause beschwerte ich mich über die Zumutungen des Westens. Das zweite Päckchen hatte ich dennoch mitgebracht. Solveig nahm es und rief: »Das ist ein Werbeaufdruck. Du hast Erfrischungstuch getrunken.«

Ich fahre nach Eggesin und lache aus vollem Hals.

XV

2 h vor dem Schuss
Stefan Brenner vertreibt sich die Zeit

Ich gehe durch den Ort. Traktoren tuckern über die Kreuzung. Jugendliche stehen an der Bushaltestelle und rauchen. Ich laufe bis vor eine Rosenrabatte, die das Ende des kleinen Marktplatzes bildet. Links ragt die Kirche auf, und direkt vor mir liegt das Gebäude der Stadtverwaltung. Nelli, denke ich und drücke die Glastür auf, wann bist du eigentlich gestorben? Ich möchte ihren Tod von einer Sachbearbeiterin bestätigt bekommen. Darüber hinaus stelle ich es mir angenehm vor, über sie zu plaudern. (Eine Abwechslung!)

Einwohnermeldeamt, erster Stock. Tiefe, amtliche Stille. Ich betrete ein Büro, und zwei blondierte Frauen blicken hoch.

»Guten Tag, ich hätte gern eine Auskunft.«

»Worum geht es, bitte?«

»Um eine Dame aus Eggesin, die ich von früher kenne.«

Aufmunternde Blicke.

»Sie heißt Nelli.«

»Nelli, und weiter?«

»Das weiß ich leider nicht. Sie hat in den Achtzigern als Garderobiere im *Haus der Armee* gearbeitet. Falls sie noch lebt, müsste sie weit über neunzig sein.«

Die Beamtinnen kauen auf ihren Lippen.

»Könnten Sie mir vielleicht sagen, wo sie wohnt?«

»Wir sind nicht befugt, ohne Weiteres Anschriften herauszugeben.«

»Das heißt, Sie kennen sie?«

»Brigitte, das ist dein Ressort.«

Die korpulentere der beiden bittet nach nebenan.

»Sie können eine Melderegisterauskunft beantragen, aber dazu müsste ich sicher sein, welche Person Sie meinen.«

»Tja.«

Mein Blick irrlichtert über Stempel und Stifte.

»Wie soll ich sagen, Nelli war die Wahrsagerin von Eggesin. Auch schon zu Ostzeiten. Ich kenne Sie nur als Garderobiere, aber sie hat erzählt, dass Leute aus dem Ort zu ihr kamen.«

»Mm.«

»Haben Sie keine Ahnung, wen ich meine?«

»Doch. Aber die alte Dame ist vor zwei Jahren verstorben.«

»Dürfte ich ihre Adresse erfahren?«

»Das geht eigentlich nicht.«

»Warum nicht?«

»Wenn Sie nicht einmal den Nachnamen kennen!«

»Aber Sie wissen doch, um wen es sich handelt.«

»Das Ganze lässt sich nur offiziell bewerkstelligen. Das kostet allerdings eine Verwaltungsgebühr.«

»Wie viel denn?«

»Fünfzehn Euro.«

Bedächtig tippt sie in den Computer und druckt mir ein Formular aus.

Einfache Melderegisterauskunft

Sehr geehrte Damen und Herren,
in Beantwortung Ihrer Anfrage teile ich Ihnen mit,
dass
Frau Birnbacher, Nelli Josefine Agathe in
Hohe Straße 5 in Eggesin gemeldet war.
Frau Birnbacher, Nelli Josefine Agathe
ist verstorben.

»Ich habe gehört, dass jetzt ihr Sohn dort wohnen soll.«

Sie zögert und will mehr sagen, aber schließlich lässt sie es.

Nellis Sohn bin ich ein paarmal begegnet. Ich verspüre keine Lust, ihn zu besuchen.

Der Besuch in der Amtsstube und dieses Formular scheinen Eggesin entzaubert zu haben.

Habe ich es hinter mir? Das Auto parkt noch im Waldweg bei der Kaserne. Sollte ich Manfred anrufen und mich abholen lassen? Vor der Bäckerei setze ich mich auf eine Bank, blinzele in die Sonne und stöbere weiter in Gudruns Briefen:

Liebe Sabine,
selbstverständlich habe ich mit meinen Liebhabern auch geredet. Aber was bringt das? Diese Frage stelle ich mir tatsächlich. Neulich plagte mich nach zehn Stunden am OP-Tisch der Hunger, und ich erlaubte mir einen Stopp bei einer Fast-Food-Bude. Ich fuhr vor die Säule und wollte bestellen, aber direkt daneben mähte jemand den Rasen. Ich schrie ins Mikrofon: »Einen Big Mac mit Käse und eine Cola, bitte!«, ich

beugte mich aus dem Fenster und schrie noch einmal und so laut ich konnte, aber wegen dieses Gärtners verstand ich mein eigenes Wort nicht.
Entschuldige, dass ich die Episode erwähne, aber sie erinnert mich daran, was ich mit Viktor und später auch mit Stefan erlebt habe. Verständigung im eigentlichen Sinne gab es nicht. Liebe war da, zweifellos. Aber mit vielen Dingen kam ich nicht klar. Ich konnte nicht nachvollziehen, was dieses Militärzeug sollte. So ein Wahn! Warum konnten sie nicht einfach aufhören und nach Hause kommen? So dachte ich bis zu Viktors Tod und musste begreifen, dass dieses Kriegspielen mir meinen Verlobten genommen hatte.
Als ich die Nachricht erhielt, musste ich daran denken, wie Viktor in der Küche gesagt hatte: »Hier bin ich in Sicherheit.«
Ich hatte sofort Zweifel, dass es Selbstmord war. Niemals! Viktor doch nicht. Es musste jemand anderes gewesen sein, und der hatte es wie Selbstmord aussehen lassen.
Während seiner gesamten Armeezeit hatte ich Viktor zweimal gesehen. Obwohl ich hochschwanger war, wurden alle Kurzurlaube, die er mir brieflich angekündigt hatte, aus unterschiedlichen Gründen verschoben oder gestrichen. Zwei Monate lang hörte ich gar nichts von ihm. Ich verstand das alles nicht. Sie hatten auch nur eine beschränkte Telefonerlaubnis. Im Gebäude eines Kommandeurs, es war der Bataillonskommandeur, glaube ich, gab es zwei öffentliche Münzfernsprecher. Einer war immer kaputt. Der andere durfte von 17–21.45 Uhr für vorab genehmigte, auf fünf Minuten begrenzte Anrufe genutzt werden.

Logisch hatte ich in meiner Wohnung noch keinen Anschluss bewilligt bekommen. Um Viktors Stimme zu hören, musste ich mich mit ihm brieflich für ein Telefonat verabreden, zu meinen Eltern fahren und warten. Es klappte nur einmal. In den Monaten ohne Lebenszeichen hatte ich irrsinnige Angst. Wollte er sich von mir trennen? War es wegen des Babys, das ich erwartete? Vielleicht war von dem lustigen Typen mit den Fahrradkunststückchen auf dem Schulhof nichts mehr übrig?

Irgendwann bekam ich einen Brief. Er war geöffnet und mit dem Vermerk versehen: »Beschädigt eingegangen«. Geschrieben hatte ihn sein Freund Stefan.

Es war ein wirres Schreiben:

»Hallo, Gudrun, mach Dir keine Gedanken. Es ist nichts passiert.

Viktor wurde abkommandiert. Das ist kein Staats-

Geheimnis, wie man so schön sagt, aber er bekam eine spezielle Aufgabe, die sicher-

lich bald beendet ist. Dann kehrt er wieder zurück in die Einheit.

Mach Dir also bitte keine Gedanken. Er ...

Wie geht es Dir? Was macht der babyrunde Bauch? Unser letztes Treffen ist

nun schon eine Weile her. Das Wetter im

Spätsommer ist ganz anständig. Ich soll Dir von Viktor ausrichten: Bau

keinen Mist, denn wenn die Zeilen enden, wird er neue senden.

Du wüsstest schon, was das heißt.

Dir liebstes Herz.

Stefan«

Ich verstand nicht. Ich las immer wieder, ohne mir einen Reim darauf machen zu können, bis ich mit Hilfe einer Freundin darauf kam, dass die Passage am Schluss eine Leseanleitung war. An den Zeilenenden stand:
Staats-sicher-heit.-Er-ist-im-Bau.
Im Bau? Ich hatte keine Ahnung, was das bedeutete. Aus Erzählungen über antifaschistische Widerstandskämpfer kannte ich Begriffe wie Dunkelzelle, Schläge und Essensentzug. Das waren aber andere Zeiten. So etwas würde Viktor erspart bleiben! Aber weshalb wurde er überhaupt bestraft? Trotz meiner Verwirrung registrierte ich die Zeile: »Dir liebstes Herz« durchaus. Später, als Stefan und ich wie Hänsel und Gretel im dunklen Wald zusammenkrochen, spielte das eine Rolle.
Innerhalb weniger Wochen verlor ich das Kind und den Vater dazu.
Ein Gefühl, als würde man mir auf den Kopf schlagen. Viktors Freund war einfach da. Ich stolperte in seine Arme und wollte mich verstecken. Untertauchen. Das war wie ein Sog.
Die beiden Männer waren grundverschieden! Viktor erschien mir immer wie ein großer, hinreißender Junge. Er war unverschämter als die Burschen, mit denen ich bis dahin zusammen war. Verwegen ist ein unmodisches Wort, aber so war er. Ich weiß noch, wie er im Sportunterricht auf mich zukam, schalkhaft lächelte und mir ins Ohr flüsterte: »Herzlichen Glückwunsch. Du hast wunderschöne Brüste!« Der »Wendekreis des Krebses« war seine Fibel, und irgendwie lastete das Sexuelle auf ihm. Neugierig war ich auch, aber diesen

Kult um den Körper konnte ich nicht immer nachvollziehen. Viktor zeigte sich gern. Er badete nackt bis in den Spätherbst, ging regelmäßig in die Sauna und war stolz auf seine Männlichkeit. Das fand ich ein bisschen albern. Ich erinnere mich, ihn einmal gefragt zu haben: »Kann dein Penis Funken sprühen? Kann er singen, Musik machen oder vielleicht Ölquellen finden?« Viktor ist tot, aber es darf nicht verschwiegen werden, dass ich mit neunzehn plötzlich ein Kind erwartete, weil mein Freund stets zu große Kondome kaufte. Stefans Zartheit und Langsamkeit waren am Anfang sehr wichtig für mich. Er hielt meine Hand, hörte zu und spendete Trost. Dafür kann ich ihm nicht genug danken. In den ersten Jahren gab es, wenn uns überhaupt etwas entzweien konnte, nur das schleichende Gift der Vergleiche. Er leugnete das, aber ihn beschäftigte, dass ich mit Viktor zusammen wäre, wenn dieser noch leben würde. Dieses Abstreiten und sein stiller Rückzug haben uns auf Dauer nicht gutgetan. Jede Beziehung muss irgendwann Alltag schultern. Kinder, Job, Haus und Hof. Aber was Stefan zu Hause hinlegte, war ein Phlegma in fast allen Bereichen. Ich bin keine zwanzig mehr. Ich muss nicht fortlaufend Sperma im Mund haben, um mich lebendig zu fühlen. Aber wenn mein Mann, also der Mensch, mit dem ich anstrebe, alles zu teilen, im Bett nur zwei Stellungen beherrscht, den Beischlaf am liebsten unter der Decke vollzieht und auf Nachfrage behauptet, nicht länger als drei Minuten zu können, das wäre in seinem Alter und bei seiner beruflichen Anspannung normal, dann rüttelt das bei mir an den Grundfesten. Natürlich will ich mehr von ihm als einen Orgasmus. Ich möchte, dass er die Fernbedienung weglegt, wenn er mit mir redet, und nicht ans Handy geht, wenn er mich streichelt. Stefan ist der Typ Mann, dem immer nach flauschigen Socken ist. Am Küchentisch, auf der Toilette und auch bei der Liebe. Wenn ich ihn darauf anspreche, reagiert er wie eine Amöbe. Er glitscht zur Seite und stimmt mir zu. Das macht mich manchmal rasend. Zumal ich weiß, dass er die Probleme sieht. Aber ihn anzustoßen, ihn in Schwingung zu versetzen, bis er sich schüttelt und in die Gänge kommt, kostet Kraft. So clever und erfolgreich Stefan als Prüfer ist, im Grunde seines Herzens blieb er ein Romantiker, ein vor sich hin dösender Gefühlsmensch. Gefährlich in diesem Schneckenreich ist nur eins. Spannungen können sich in ihm über Jahre aufstauen. Die Beleidigung eines Nachbarn, eine Standpauke von mir wegen einer unnötig teuren Anschaffung. Ich denke, das ist lange her und unerheblich, das muss er vergessen haben, und plötzlich kommt es über ihn und bricht aus. Dann brüllt er und will alles treffen, was ihn einst getroffen hat. Ich habe Viktors Tod durch reden, reden, nochmals reden langsam heruntergeregelt. Stefan regelt nichts. Zeit spielt für ihn keine Rolle. Manchmal denke ich, er sitzt auf einer Bombe.

Genug.

Die Bäckerei mir gegenüber macht Appetit auf Kaffee und Kuchen.

Ich drücke die Klinke und rechne mit allem, aber nicht mit Kerns Frau, die den Kopf aus der Vitrine zieht und fragt:

»Sie wünschen?«

»Einen Kaffee und ein Stück Bienenstich, bitte.«

Ich wusste nicht, dass Kerns Frau Bäckerin ist.

Sie bringt, was ich bestellt habe, wischt Auslagen und sortiert Waren ins Kühlregal.

Niemand betritt den Laden.

Ich nehme eine Zeitung und versuche zu lesen. Frau Kern trägt Jeans und eine gepunktete Schürze. Wenn sie sich bückt, um den Lappen auszuwringen, blitzt Achselhaar auf.

Aus ihrem Gesicht werde ich nicht schlau. Um den geschwungenen Mund sammelt sich eine Gedrücktheit, die zum nahen Feierabend nicht passen will. Bei einem Apfel würde man die Stelle als mehlig bezeichnen.

Der Kaffee eignet sich ebenso wenig zur Anknüpfung eines Gesprächs wie die Einrichtung. Mit den gekachelten Wänden und der aluminiumverkleideten Theke gleicht die Bäckerei einer Veterinärpraxis. Ich gebe mir einen Ruck.

»Entschuldigung, kannten Sie Nelli?«

Diesmal hält sie den Kopf schräg und streift sich mit dem Handrücken eine Haarsträhne von der Wange.

»Nelli –«, ich krame auf der Suche nach dem Namen in meiner Tasche, »Nelli Birnbacher.«

»Natürlich kenne ich Frau Birnbacher. Besser gesagt, kannte ich sie.«

»Ob das besser ist, bezweifle ich. Besser gesagt vielleicht. Besser im Sinne von besser eigentlich nicht.«

Wasser tropft von ihren Händen. Nach einer Weile lächelt sie.

»Drehen Sie einem gern das Wort im Mund herum?«

»Nein. Verzeihung, heute ist nicht mein Tag.«

»Warum erkundigen Sie sich nach Frau Birnbacher?«

»Sie hat mir geholfen. Und woher kennen Sie sie?«

»Sie war eine Instanz. Wir sind uns aber auch privat begegnet.«

»Wie ging es ihr zuletzt?«

»Woran sie gestorben ist, meinen Sie?«

»Mich hätte eher interessiert, wie sie ihre letzten Jahre verbrachte.«

»Ich möchte nichts Schlechtes über sie sagen, aber am Ende war sie eine alte Frau, wie es hier viele gibt. Sie wohnte in einem Neubaublock, saß am Küchenfenster und wartete, dass die Enkel sie besuchen.«

»Ich habe sie anders in Erinnerung.«

»Sie hat sich als Powerfee bezeichnet. Aber im Alter verliert jeder an Format.«

»War sie als Wahrsagerin nicht mehr gefragt?«

»Das schon. Nach der Wende ist sie sogar einem Pariser Klub beigetreten. Aber, wie soll ich sagen, sie war mit der neuen Zeit überfordert.«

»Inwiefern?«

»Zum Beispiel glaubte sie den Werbemist, der in ihrem Postkasten landete. Kennen Sie die Masche von *Das Beste*?«

»Nein.«

»Man bekam massenhaft Briefe, sollte für den sicheren Millionengewinn bunte Marken aufkleben, sogar schon das Hotel für die Siegerparty ankreuzen. Dabei ging es nur um ein Abo.«

»Und wie starb sie?«

»Einen Tag vor Weihnachten. Beim Einwickeln der Geschenke am Küchentisch.«

Sie blickt zur Seite und wischt sich die Augen.

»Ich bekam ihre Sammeltassen. In der Verfügung

stand: ›Zum Dank für schöne Nachmittage‹. Aber ich konnte nicht daraus trinken und habe sie ihrem Sohn zurückgegeben.«

»Alles in Ordnung, Frau Kern?«

»Es geht schon. Hatte ich meinen Namen erwähnt?«

»Nein. Sie haben mir an der Haustür mal die Telefonnummer Ihres Mannes gegeben. Ist ein paar Jahre her.«

»Ach, Sie sind dieser Mensch aus Ingos Einheit?! Wegen Ihnen habe ich ziemlichen Ärger bekommen.«

»So?«

»Wie ich dazu käme, seine Nummer herauszugeben. Noch dazu an so jemanden.«

»Wissen Sie noch, wann das war – vor oder nach dem Treffen mit mir?«

»Danach, glaube ich. Aber ich bin nicht sicher, und es interessiert mich auch nicht mehr.«

»Klingt eigenartig.«

»Heute Abend um sieben holt Ingo die letzten Sachen und zieht aus. Verstehen Sie?«

Was ich verstanden habe, sind Uhrzeit und Ort.

Sie hebt den Lappen und lässt ihn zurück in die Schüssel fallen.

»Feierabend.«

»Eheprobleme?«

Wortlos gießt sie Kaffee nach:

»Er zieht zu seiner Affäre.«

»Das tut mir leid.«

Sie winkt ab.

»Eine seiner Kolleginnen. Mein Sohn hat erzählt,

dass er ihr Bild längst als Bildschirmschoner auf dem PC hatte.«

»Sie haben nichts geahnt?«

»Neulich klingelte das Telefon. Eine Männerstimme sagte: Ich bring mich jetzt um. Was? Wer sind Sie? Er nannte seinen Namen und erklärte: Ihr Mann und meine Frau haben ein Verhältnis. Wie bitte? Ich rief Ingo an. Jemand hat angerufen und gesagt, er bringt sich jetzt um, weil du ein Verhältnis mit seiner Frau hast. Ingo rief ›Scheiße‹ und legte auf.«

»Hat sich der Anrufer umgebracht?«

»Er hat es versucht. Für mich ging die Welt unter. Zwei Kinder, Haus, Garten, Hunde, Pferde. All die Jahre. Wenn das Schiff sinkt und ich ins Wasser falle, hatte ich geglaubt, würde Ingo springen und mich retten. Dabei ist er dünn und klein. Sind Ihnen mal seine Hüften aufgefallen?«

»Nein.«

»Die sind derart knochig, da reißen Sie sich einen Splitter ein. Aber er war mein Traummann, mein Retter.«

»Heute um sieben kommt er ja noch mal.«

»Ach, ich weiß nicht, was Sie mit ihm erlebt haben, aber ich fühle mich schmutzig und kann es nicht erklären. Raus damit, wer war Ingo für Sie?«

»Das kann man nicht vergleichen. Was hat er über mich erzählt?«

»Nichts. Er hat nicht viel geredet. Wir haben uns angeschaut und wussten, was der andere dachte. Das war unser Ding. Stummes Einverständnis. Dabei konnte er reden wie ein Buch. Das passt nicht zusammen, oder?«

Sie redet immer schneller.

»Ich habe siebzehn Kilo abgenommen. Ich kann im Dunkeln nicht mehr Auto fahren. Meine Haare wurden grau. Meine Brüste hängen. Wir hatten zu viel Routine, wissen Sie. Abends im Bett. Gute Nacht. Umdrehen und Schluss. Aber alles Jammern nutzt nichts, weil er sich entschieden hat, und wenn sich Ingo einmal entschieden hat, bringt er es zu Ende.«

»Mmm«, mache ich. Sie scheint mich kaum zu bemerken.

»Viele halten ihn für einen harten Hund. Dafür hat er gesorgt. Ich erinnere mich an eine furchtbare Gartenparty. Ein Gast wollte später kommen. Seine Frau wurde immer nervöser. Dann stellte sich heraus, dass er auf dem Hinweg mit einem Infarkt zusammengebrochen war. ›Wir müssen alle mal sterben‹, sagte Ingo.

Ungekünstelt ist er gewesen. Von Anfang an. Das hat mir gefallen. Wie er sich verbeugte und mich zum Tanzen aufforderte, seine kurzen Haare, überhaupt sein Anderssein in der Gammlerzeit.«

»Ungekünstelt?«, werfe ich ein.

Sie rührt den Löffel in der Tasse, dass er leise klirrt, und sieht mir ins Gesicht.

»Wenn Sie etwas nicht so ausgeführt haben, wie er es Ihnen befohlen hat, dann mussten Sie mit den Konsequenzen rechnen.«

»Darüber möchte ich nicht sprechen.«

»Verstehe.«

Sie räumt das Geschirr aufs Tablett.

»Immerhin bin ich seine Frau. Oder war es zumindest.«

Was für rissige Hände sie hat. Ihre Finger sind ständig in Bewegung, reiben sich wund.

»Schauen Sie nicht dahin.«

»Was für eine Entzündung ist das?«

»Hoffentlich nicht die Bäckerkrankheit.«

»Bäckerkrankheit?«

»Eine Mehlallergie. Wenn die Ekzeme daher rühren, kann ich den Beruf an den Nagel hängen.«

Sie fängt an zu weinen. Nicht verschämt wie beim ersten Mal, sondern hemmungslos.

Ich streichele ihre entzündeten Hände.

Bis das Handy klingelt.

Manfred hat das Audit für heute beendet. Er sitzt im Hotelrestaurant beim zweiten Schnitzel und fragt sich, wo ich bleibe.

»Du brauchst nicht auf mich zu warten.«

»Wann kommst du?«

»Kann ich nicht sagen.«

Zehn Minuten später marschiere ich durch den Wald, um den Wagen zu holen.

XVI

1 h vor dem Schuss
Ingo Kern will es hinter sich bringen

Bam bam – bam bam. Keine proletarischen Märsche mehr. Nur das Geräusch der Räder, wenn ich über Betonbohlen fahre. Darüber Laternen mit gebogenen Masten und Lampen in Tröpfchenform. Heimatzeichen.

Ich nehme die kurvige Landstraße. Viel geschmäht, weil sich die Jungs beim Cruisen am Wochenende hier regelmäßig um die Bäume wickeln. Mutter hat erzählt, dass die Straße für das Sprengchemiewerk gebaut wurde, kurz vor dem Krieg. Die scharfen Biegungen sollten Fliegereinsicht verhindern.

Was für ein schöner Flecken Erde das ist. Wo gibt es solche Stille? Abends kriecht sie aus den Wäldern und legt sich über die Stadt.

Alle schimpfen wegen der umgestalteten Kreuzung. Vor allem an den Rosenstöcken meckern alle rum. »Dreiundzwanzig Garderobenständer und eine völlig falsche Rosensorte. Die werden nie anwachsen und klettern schon gar nicht!«, lästerte Solveig.

Im Wirrwarr der neuen Straßenführung verfuhr sich vor Weihnachten eine Frau. Sie rauschte über den Bürgersteig und landete mit ihrem Wagen im Christbaum, saß dann heulend am Steuer. ›Beweis für Fehlplanung am Rosengarten‹, schrieb der Kurier.

Aber wie hatte der Platz früher ausgesehen?

Ich donnere über die alte Panzerstraße. Stadtverwaltung, Kirche, das leere Pfarrhaus, Solveigs Bäckerei, ein paar Läden und dahinter die Plattenbauten. Die Proteste gegen den Lärm gehen in Ordnung. Es dröhnt ohrenbetäubend. Aber wenn sie das aufreißen wollen, warten eine doppelte Schicht Steine und das übliche Finanzierungsproblem.

Ich sehe durch die Windschutzscheibe. Gegenwart mischt sich mit Vergangenheit. Die Pappeln am Festplatz erinnern an den trockenen Sommer, als Saras Klassenlehrerin zur Rettung der Bäume aufrief. An den Wochenenden schleppten Eltern und Schüler Wassereimer und entleerten sie an den Stämmen. Arbeitseinsätze. Lagerfeuer. Ausflüge in die Blaubeeren. Jugendweihe der Kinder. Jagdverein. Reitklub. Veteranentreffen. Der plattdeutsche Stammtisch in der *Eiche*. Die Ortsverbundenheit wirft alles, was Eggesin ausmacht, in einen Topf. Auch Plattenbauten. Wer darin wohnte, sieht sie mit anderen Augen. Geräumige Balkone, hilfsbereite Nachbarn. Fernwärme. Was scherte die Klotzigkeit des Blocks, wenn man von drinnen aus dem Fenster sah?

Ich passiere pastellfarbene, mit Metallbalkonen verkleidete Fassaden und denke an die Berichterstatter, die hier manchmal auftauchen, um Zonendeutschland zu erkunden. Neonazis, Jobmisere, die Verödung und Verblödung nach dem Rückbau des militärischen Standortes, das arbeitet in ihren Köpfen. Mit gespielter Neugier schlendern sie durch die Straßen, treffen Jungs in Kapuzenjacken, einen versoffenen Armeeveteranen, der Krebs hat, interviewen eine arbeitslose Verkäuferin vor ihrer schmuddligen Schrankwand.

Einem von denen bin ich in Solveigs Bäckerei begegnet. Er wollte herausfinden, was die von Drogen und Fremdenhass vernebelte Jugend an Freitagabenden treibt. Solveig war noch nicht fertig. Ich trank Kaffee, und das Jüngelchen begann, mich über Diskotheken und Klubs auszufragen. Was als Szenetreff angesagter sei, *Randowbar* oder Tankstelle ...

Ich erkundigte mich nach dem Medium, das er bereitwillig nannte und als ›meinungsbildendes Magazin‹ bezeichnete. Dann warf ich ihn raus.

Ich habe den Artikel gelesen. Er hieß ›Partydämmerung in Eggesin‹ und weidete sich an der Tristesse. Plattenbauten seien menschenverachtend. Die umliegenden Wiesen erinnerten an Tundra, Slowakei und Albanien. Ich tauche auf als »Typ mit stechenden Augen«, der dem Verfasser im Eiscafé droht: »Da geht's raus. Aber dalli.«

Ich muss tanken, stehe an der Zapfsäule und frage mich, weshalb Durchreisende nichts begreifen. Ihnen fehlt alles, vor allem Kenntnis und Anteilnahme. Wenn ich zum Sportplatz rübersehe, weiß ich, wer dort den Rasen mäht. Ein Stück weiter steht ein Häuschen mit geharkten Wegen und gestutzter Hecke, in dem nur alle paar Monate eine Familie aus Berlin Ferien macht. Dass die Nachbarin es gratis und mit Hingabe pflegt, weil sie vor dreißig Jahren den kleinen Nachbarsjungen nicht festhalten konnte und dieser vor den Lkw sprang und überrollt wurde, sind verborgene, aber wesentliche Informationen.

Ich stehe an der Säule. Luft weicht schlürfend aus dem Tank, da werde ich hinterrücks angesprochen.

»Sieh an. Der Herr Kern. Mal wieder in der Gegend?«

Ich drehe mich um. Das Gesicht über den aufgereihten Zapfpistolen gehört Frau Herold.

»Ja«, sage ich und möchte es dabei belassen. Aber Solveigs Bekannte aus der Sport-Gruppe lässt nicht locker.

»Wie geht es so? Ihre Frau ist lange nicht mehr gekommen!«

Der Art, wie sie redet und schaut, entnehme ich, dass sie Bescheid weiß.

»Müssen Sie nicht tanken?«

»Hab ich schon.«

Sie lächelt süßlich. Mich erwartet ein gemeinsamer Gang zur Kasse. Ich muss nun neben mich treten und in Frau Herold das Prinzip erkennen. Sie ist mehr als eine aufdringliche Rentnerin aus der Siedlung. Die ehemalige Postangestellte steht im Ruf, einst ›im Dienst der Sache‹ Eggesins Briefverkehr überwacht zu haben. Ich habe Georg dazu befragt, aber er weiß es nicht. Fakt ist, dass man ihr das Schnüffeln allgemein zutraut.

An der Kasse lasse ich ihr den Vortritt. Sie bedankt sich überschwänglich und kauft einen Hotdog. Physiognomisch haben ihr die über Kuverts und Pakete gebeugten Jahre nicht gutgetan. Die Lippen sind schmal, und ihre Nase senkt sich fast bis aufs Kinn. Sie hat sich hergegeben, denke ich und nicke zum Abschied.

Den Hotdog in der Hand, steht sie vor ihrem Auto und beobachtet, wie ich davonfahre.

Das letzte Stück bis zum Haus fällt am schwersten.

Neben mir her schwebt Mutters Gesicht. Es leuchtet weiß. Ein mahnender Mond, der mich davor bewahren will, das Falsche zu tun. Unwillkürlich blicke ich in den Rückspiegel, ob nicht Georgs Kombi auftaucht. Ja, doch: Mir ist bewusst, was ich aufs Spiel setze.

Der Messebesuch hat etwas verschoben. Lohnt Karoline den Aufwand? Ist sie die Richtige, um abzuspringen? Ich habe Zweifel, aber ich ringe sie nieder. Vor weitreichenden Entscheidungen wächst auch die Angst.

Mutter lässt sich nicht abschütteln. Sie ist nicht die vergessliche Alte aus Georgs Obhut, sondern eine Autorität, Göttin meiner Kindheit, die mich eine Querstraße vor dem Ziel zum Halten zwingt und ihren Finger ins Wageninnere bohrt.

»Aufgeben gilt nicht, Junge! Denk an deinen Vater!«

Folgsam denke ich an ihn, beziehungsweise an das, was Mutter erzählte:

»Nach dem Krieg ist er durch ganz Deutschland gewandert! Kennengelernt haben wir uns auf dem Feuerwehrball in Anklam neunzehnhundertvierundfünfzig.«

Schon wie sie die Jahreszahl dehnt und auskostet, soll verdeutlichen, wie gering das Heute gegen ihr Gestern wiegt.

Sie listet auf, was ich hätte miterleben müssen:

– die Explosion im Sprengwerk, nach der Gehirne in den Bäumen hingen und Beine (von Mutter als Gemeindeschwester) nur nach Sockenfarben zugeordnet werden konnten.

– die bei Kriegsende auftauchenden Russen, die erst die Wälder nach versprengten Soldaten und dann die Orte nach Frauen durchkämmten.

– Vaters Staublunge, die er sich in seiner noch nicht klimatisierten Kabine als Kranfahrer zuzog.

– sein Dahinsiechen zu Hause im Bett, als Mutter ihn

pflegte und seine Wechsel zwischen Depressionen und Befehlswut ertragen musste.

– die Tragödie des Bauern am Witten Titt, der sich und seine Familie vergiftete.

»Mutter, das hast du mir unzählige Male erzählt«, falle ich ihr ins Wort und stelle hundert Meter vor dem Haus auch den Motor ab.

Wegen Gunnar und Sara tut es mir leid. Sara hat sich zu fragen getraut, warum ich das mache: »Mama verlassen«. Wir aßen Kebab beim Türken in Ueckermünde. Sie ist Solveig wie aus dem Gesicht geschnitten, was bei mir zur Vorstellung führt, ausgehorcht zu werden. Nachdem sie meine Entscheidung erklärt haben wollte, bekam ich keinen Bissen mehr runter. Ich konnte ihr nicht sagen, dass ich mich zu Hause langweile. Wie wenig ihre Mutter zur Partnerin taugt. Dass mich etwas anstachelt, schmerzliche Dinge zu tun. Ich schwieg und vertröstete sie dann mit der albernen Formel vom Auseinanderleben.

So dicht am Haus müsste mir eigentlich der Hund entgegenlaufen. Früher tat er es. Er nahm die Hinterpforte, flitzte durch den Wald und grüßte laut bellend auf der Straße. Aber Solveig hat ihn kastrieren lassen. Angeblich stellte er den Hündinnen des Viertels nach, jaulte und blieb tagelang verschwunden. Unschwer zu erkennen, wen der Eingriff treffen soll. Beim letzten Besuch lag das Tier apathisch in seinem Körbchen im Keller.

Noch ein paar Jahre, dann hätte ich mich dazulegen können.

XVII

Kurz vor dem Schuss
Stefan Brenner träumt von Sühne

Hinter mir hält ein weißer Passat. Der Motor wird abgestellt, aber der Fahrer bleibt sitzen. Es ist achtzehn Uhr und achtundfünfzig Minuten. Auch bei unserem Treffen an der Raststätte fuhr Kern einen weißen Passat. Ich starre in den Rückspiegel. Heller Abendhimmel. Getönte Scheiben. Der Fahrer ist nicht zu erkennen. Ich spüre meinen Herzschlag, als hätte ich Stöpsel in den Ohren. Mit einem Mal fährt der Passat wieder los und hält vor dem schweinchenfarbenen Anwesen. Im Vorbeifahren habe ich Kern erkannt. Er steigt aus, ist sekundenlang zu sehen und verschwindet im Haus.

Mir gefriert das Gesicht, wogegen ich ankaue. Gleichzeitig habe ich den Schweißausbruch meines Lebens. Mit nassen Achseln sitze ich da und zähle von zehn langsam herunter. Es ist eine Notwasserung. Der Flieger wird aufs Meer klatschen und entweder schwimmen oder zerbrechen und untergehen. 4-3-2-1.

Langsam steige ich aus dem Wagen.

Hinter der Hecke steht ein älterer Herr mit einer vor dem Bauch hängenden Imkermaske. Ich nicke ihm zu, aber er tut so, als hätte er den Gruß nicht bemerkt, und mustert mich aus den Augenwinkeln. Nachdem er verschwunden ist, senken sich an der Vorderfront die elektrischen Rollos. Auch an einem Fenster im Haus rechts daneben erscheint ein Gesicht. Es taucht weg, als ich hinsehe. Genossinnen und Genossen, lauert nur! Und behaltet mich in Erinnerung!

Ich zünde mir eine Zigarette an und trete sie bald wieder aus.

Aufpasser gibt's nicht nur hier. Mein Bereichsleiter ist Kölner und schwärmt seit Jahren von der Halbinsel Darß. Weil deren ›kraftvolle Urwüchsigkeit‹ auf uns Mitarbeiter übergehen sollte, wurde die alljährliche Teamleiterschulung im letzten Herbst dort abgehalten. Am Nachmittag des Ankunftstages war eine teambildende Wanderung angesetzt. Fünfzehn Auditoren studierten den Kartenaufsteller am Hafen und entschieden sich für den eingezeichneten Weg über den Deich. Der Hund des Bereichsleiters rannte voraus, und wir durchschritten ein herausgeputztes Dorf voller Kapitäns- und Reetdachhäuser. Weil am Deich ein Betreten-verboten-Schild aufragte, zögerten wir. Der Bereichsleiter wollte nichts falsch machen und ging fünfzig Meter zurück, um einen Anwohner zu befragen, der dort in seinem Garten werkelte. Der Schrecken, mit dem wir zurückgewinkt wurden, und die anschließende Konversation mit diesem Mann hinter dem Zaun kamen wie aus der Zeitmaschine.

»Wenn Sie einen Schritt weitergegangen wären, hätte ich das Ordnungsamt angerufen!«

»Aber das sind wir ja nicht.«

»Haben Sie das Schild nicht gelesen? Das wäre teuer geworden, dreißig Euro pro Kopf. Zuzüglich des im Ort frei laufenden Hundes macht das –«

Der etwa 60-Jährige überschlug die Kosten unserer Ordnungswidrigkeiten, während der Bereichsleiter seinen Hund anleinte. Ich bin dem schnurrbärtigen Rheinländer nicht wohlgesinnt, aber diesen Moment dominierten ältere Affekte.

Die Zufriedenheit des auf seine Harke gestützten Anschmierers verblüffte mich.

»Auf der Karte dort drüben ist der Weg doch eingezeichnet!«, warf ich ein.

»Die Karte, ja die Karte wurde in den alten Bundesländern gedruckt. Sie stimmt nicht.«

Er grinste, und wie in meiner Zeit als Kundenbetreuer gelernt, bestätigte ich:

»Genau – was aus den alten Bundesländern kommt, ist allergrößter Mist.«

Worauf er zurückruderte:

»So war das natürlich nicht gemeint.«

Wir spazierten zurück, und einige Kollegen diskutierten, ob das norddeutscher Humor gewesen wäre oder ob er wirklich angerufen hätte – da kam uns das Auto des Ordnungsamtes entgegen.

Dort drüben ist Kerns Haus. Ich müsste mich lösen, der Sache ein Ende machen. Stattdessen warte ich hier, schwitze und glotze in die sommerträge segelnden Wolken.

Der Traum der letzten Nacht holt mich ein, tagsüber habe ich ihn wegdrücken können. Wie Manuel und ich mit dem Fahrrad nach Hause fahren, und in unserem Viertel wohnen Menschen, die wir nicht kennen. Es sind Indianer oder Zigeuner. Ihre spielenden Kinder reißen Manuel vom Rad und zerren den Schlauch aus seinem Hinterreifen, was ich sofort als eine schwere Verletzung meines Sohnes ansehe, denn ihm fehlt nun der Hoden. Protestierend spreche ich bei den Eltern vor, habe Manuels Hoden dabei in der Hand und weise ihn vor. Es ist ein Stück Fleisch, das einem Kaninchenrücken ähnelt, rosarot und gewölbt, vorne der kleine Penis und hinten die Eierchen. Die Diskussionen mit den einsichtigen Fremden verlaufen erfolgreich. Wir vereinbaren eine Operation. Manuel bekommt einen Ausländerhoden. Die Sache wird sofort, im Wohnzimmer der auf dem Boden sitzenden und Tee trinkenden Gesellschaft, vollzogen. Schon währenddessen begreife ich, dass der Tausch nicht funktionieren kann.

Ich gehe allein weiter. Es ist ungefähr fünf Uhr morgens. Alle Straßenzüge sind mit Glas überdacht und Teil einer riesigen Shopping Mall. Ich dränge mich durch Verkaufsabteilungen voller Personal, das die Neueröffnung vorbereitet. Je näher ich unserem Haus komme, desto leerer wird es. Schließlich geht nur noch eine Frau vor mir, mit der ich vor zwanzig Jahren eine Affäre hatte. Ihr schlaffer Hintern schaukelt in einer schwarzen Hose. Sie beachtet mich nicht, schreitet stur geradeaus. Ich überhole sie und stehe vor unserer Tür. Als ich meinen Schlüssel ins Schloss stecken will, öffnet Gudrun von innen. Sie stürzt heraus, wirkt entsetzt und reagiert nicht auf mich. Immer wieder zeigt sie ins Haus und sagt zur Frau mit dem wackelnden Hintern. »Dort liegt mein Mann.« Neugierig blicke ich in den Flur. Hinter einer Ecke lugt noch der Kopf einer Jugendliebe hervor. Erst in diesem Moment begreife ich, was die Frauen hier wollen und wer gestorben ist.

Gudrun, flüstere ich, Hüterin des Kinderkontos und der geschlossen zu haltenden Kinderzimmertür, wenn Manuel schläft und nicht aufwachen darf, weil er wieder ›unterzuckert‹ oder ›hyperaktiv‹ war oder unter ›schulischem Burn-out‹ leidet.

Geschichten drehen sich in mir, unsere Geschichten. Ich möchte sie zu Ende erzählen, möchte dich umarmen und um Verzeihung bitten für meinen quer schießenden Wahn, meine Abwesenheiten, meine Ignoranz, wenn du dich vor seltsamen Nachbarn fürchtest. Ab sofort, das verspreche ich, würde ich im Auto auf langen Strecken, wenn ihr dabei wäret, Monteverdi und Gounod nur noch mit Kopfhörern hören. Kein Laut aus meinen Verstimmungskratern soll unseren Dreierbund mehr stören. Selbst deine verunglückten Scherze und Affronts würde ich bejubeln wollen. Jawohl!

Vor Weihnachten gebe ich dir erneut ein Telezoom-Objektiv für zweitausend Euro, das du mir unterm Tannenbaum bitte zurückgibst, und wenn ich im augenscheinlich originalverpackten Karton dann einen Coffee-to-go-Aluminiumbecher statt meiner Fotoaufrüstung vorfinde, erbleiche ich nicht, sondern weiß um deine Späßchen und lächle mild wie das Christkind selbst. Genauso gut kann ich zugeben, dass du die Klügere bist. Wenn ich einmal pro Jahr dazu komme, mit Manuel ins Spaßbad zu fahren, und den Weg dorthin nicht finde, weil mein Navigationsgerät spinnt und mich auf abstruse Nebenstrecken und einsame Waldlichtungen schickt, werde ich unsere Irrfahrt nicht stur verlängern, sondern einsehen, dass Manuel jammert, und dich anrufen und zugeben, dass wir gestrandet sind. Dann lasse ich mich von dir fragen, was ich sehe, und erwidere kooperativ, links eine Kiefernschonung, rechts ein Feld mit Telegrafenmasten, und wundere mich nicht im Geringsten, wie du zurückfragen kannst, ob sich weiter vorn vielleicht ein Forsthaus befände und ein Stück dahinter eine Weggabelung, an der wir uns rechts zu halten hätten. Gudrun, geliebte Lotsin. Ich muss nicht verstehen, wie du ganz Deutschland in dir digitalisieren kannst. Dass Manuel ruft »Ohne Mama wären wir verloren!«, reicht mir ganz und gar. Dennoch, trotz allem Wunderbaren im Argen (oder Argen im Wunderbaren?) werde ich das Gefühl des Abschieds nicht los. Du gehst nicht ans Telefon, und ich spreche dir diese Nachricht aufs Band.

Dann ist es so weit.

Ich erreiche Kerns Gartentür und knie ab, um mir die Schuhe zu binden. Das ist eine Marotte von mir. In Momenten wie diesem muss ich die richtige Festigkeit am Fuß spüren. Nicht auszudenken, wenn ich wegen eines losen Schuhs scheitern müsste. Also binde ich diesen Knoten, als müsste ich ihn wieder lernen. (Neunzehnhundertdreiundsiebzig in der zum Kindergarten umgebauten Leichenschauhalle unter Anleitung von Fräulein Daniela.)

In einer Mulde steht Wasser. Der Rasen wurde gesprengt. Auf dem Grund der Pfütze ringelt sich ein Regenwurm. Der Todeskrampf dieses sich abstrampelnden Kerlchens erinnert mich an Gründe, hier zu sein.

Dass es mir nicht gelang, den Auftrag der Zentrale abzulehnen. Dass ich seit damals auf der Frage kaue, weshalb mein Stiefvater mich vor Kern schützen konnte, Viktor aber nicht. Warum hatte jemand, der Kandidat des ZK war, nicht den Arsch in der Hose, auch für den Freund seines Schutzbefohlenen einzutreten? Das wollte ich nicht kapieren. Das kapiere ich bis heute nicht.

Kern hat die Fenster geöffnet. Gardinen wehen heraus. Ich sehe Trophäen an der Wand und eine Schrankwand mit Fernseher. Mit den Fingerspitzen berühre ich die Gartentür. Der Kiesweg verläuft wie ein sauberes Band bis zum Haus. Solche Bodenzustände hatten wir damals fortwährend herzustellen. Dafür mussten wir eine mit Zeitung ausgeschlagene Holzkiepe Stück für Stück neben uns herschieben. Wir waren Hunde, in hündischer Haltung. Mit den Pfoten suchten wir nach Unkraut, Moos und herabgefallenen Kiefernzweigen, jedem noch so winzigen Abfall zwischen spitzen kleinen Steinchen auf dem vierhundertzwanzig Meter langen und einem Meter und siebzig Zentimeter breiten Exerzierweg hinter den Baracken.

Ich schleiche zum Fenster und spähe ins Haus. Niemand zu sehen. Das Wohnzimmer ähnelt tausend anderen. Ich kann in den Korridor blicken. Dort stapeln sich Kisten und Reisetaschen. Im Türrahmen lehnt ein Futteral, und auf der Flurgarderobe, registriere ich mit Schrecken, liegt neben Schachteln mit der Aufschrift ›Nobel‹ eine Pistole.

Rasch löse ich mich von der Wand und laufe über den feuchten Rasen und den knirschenden Kies. Ich bin nicht sicher, ob ich verschwinden oder doch klingeln soll, da klappt die Haustür, und ich höre Kern sagen:

»Hallo! Kann ich helfen?!«

Ich drehe mich um. Er zeigt keine Regung.

»Ob Sie mir helfen können?«

Mit meiner Rückfrage beginnt es. Ich habe das Gefühl eines Schattens, der mir entweicht und in Form dieses Mannes auf der Schwelle steht. Kern als Archetyp, als Konzentrat meiner Hilflosigkeit. Ich erkenne seinen Unmut, weil ich in seine Privatsphäre dringe, wie unhöflich, aber das muss jetzt sein.

»Ja«, insistiert er.

Mit drei Sprüngen bin ich bei ihm.

»Sie können mir nicht helfen, Herr Kern.«

»Was machen Sie dann in meinem Garten? Augenblick, Sie sind Brenner, oder?«

»Können Sie sich erinnern?«

»Ich habe zu tun. Worum geht es?«

»Ich möchte mit Ihnen über das perfekte Autohaus sprechen, auch über Freisprechanlagen in Dienstfahrzeugen. Darüber habe ich lange nachgedacht, wissen Sie.«

»Was soll das? Geht es wieder um diese Sache? Das hatten wir doch geklärt.«

»Nichts hatten wir. Sie sind verantwortlich für Viktors Tod! Sie haben ihn auf dem Gewissen. Muss ich Ihre Schweinereien aufzählen?«

»Schießen Sie los. Ich bin gespannt.«

»Wollen Sie leugnen, dass Sie zermürben und zerstören wollten? Die dosierten Schikanen. Sonderdienste. Arbeitskommandos. Der angeordnete Schlafmangel. Sie wussten genau, dass Viktors Freundin vor der Niederkunft stand, und gaben ihm bewusst keinen Urlaub, weil er Ihnen ein Dorn im Auge war. Weil er das Duckmäusertum in der Einheit bedrohte. Weil es ihn verrückt machen würde, an so einem Tag eingesperrt in der Kaserne zu bleiben.«

»Ach, kommen Sie.«

»Sie haben Viktor erst fahren lassen, als Sie vom Tod seines Kindes erfahren hatten, und das, Herr Kern, war kein gnädig gewährter Urlaub, sondern Psychoterror, dazu gedacht, den Delinquenten zu schwächen und hinterher erst recht in die Mangel zu nehmen.«

»Sie schildern das so anschaulich. Sie hätten Märchenerzähler werden sollen.«

»Und als Viktor nach der Beisetzung auf dem Rückweg besoffen an Pasewalk vorbeifuhr und in Rostock aufgegriffen wurde, haben Sie Ihr Exempel statuiert. Sie haben die Kompanie antreten lassen, eine Rede über feindliche Elemente des Arbeiter- und Bauernstaates gehalten und seine Schulterstücke abgerissen. Sie haben ihm sechs Wochen Haft in Schwedt verpasst und versprochen, dafür zu sorgen, dass ihm der Studienplatz aberkannt wurde. Dann haben Sie zum allgemeinen Gaudi aus seinem Tagebuch vorgelesen und ihn abführen lassen. Der Junge war achtzehn!«

»Da ist man volljährig, glaube ich.«

»Das alles würde mich weniger stören, wenn Sie aus Überzeugung gehandelt hätten. Wenn Sie so ein sozialistischer Blödmann gewesen wären. Aber Typen wie Sie behalten stets die Karriere im Blick. Mit Viktor wollten Sie vor allem eine Bedrohung loswerden, weil er in seiner Verzweiflung versucht hatte, Sie zu erpressen.«

»Unsinn!«

»Er hatte herausgefunden, dass Sie, um Ihren Titel ›Beste Einheit‹ nicht zu gefährden, Schießergebnisse fälschen ließen.«

»Hören Sie, es stimmt, dass Weicheier wie Sie in der Regel schlechte Schützen sind, aber den Rest der Geschichte können Sie in die Tonne treten, und jetzt reicht es. Runter vom Grundstück!«

»Erst entschuldigen Sie sich für das, was Sie getan haben.«

Das Eis zwischen uns hilft, die Form zu wahren, aber wie lange? Ich stammle etwas von einer stinkenden Verdienstmedaille, die er sich umhängen dürfte, dass er mein Feind sei, dass er keine Ahnung hätte vom Schmerzreservoir dieses Ortes.

Ruhig entgegnet er:

»Letzte Warnung. Dort geht's raus!«

»Was wollen Sie tun? Die Polizei rufen? Mich degradieren?«

»Wissen Sie, was mir bei Ihnen auffällt?«

»Was?«

»Wie sehr Sie das alles mitnimmt.«

»Ja und?«

»Ist doch eigenartig, oder?«

»Er war mein Freund.«

»Mag sein, aber wenn mich nicht alles täuscht, arbeitet in Ihnen vor allem das schlechte Gewissen.«

»Was?«

»War es nicht so, dass damals ein Funktionär auftauchte und seine Hand über einen Rekruten hielt und über den anderen aber nicht?«

»Worauf wollen Sie hinaus?«

»Ich möchte andeuten, dass mir Ihr Problem nicht ganz fremd ist. Ich würde sogar behaupten, dass wir am Ende aus ähnlichem Holz sind.«

»Wovon reden Sie?«

Ich packe den Wortverdreher am Kragen und dränge ihn ins Haus. Er hebt die Hände.

»Sind Sie irre?!«

»Halt dein Maul, du verdammtes Stück Scheiße.«

Ich bin größer und schraube an seinem Kopf herum, während er versucht, mir sein Knie in den Bauch zu rammen. Im Spiegel sieht das lachhaft aus, aber auf der Ablage darunter liegt die Pistole. Kern schreit:

»Finger weg, die ist geladen!«

»Umso besser.«

Ich kann ihm den Ellenbogen ins Gesicht stoßen, was mir Vorsprung verschafft, und bekomme den Griff zu fassen. Aber er bringt mich zu Fall und robbt über mich hinweg. Seine Frau hatte recht, an seinen Hüften kann man sich Splitter einreißen.

Wir schleudern herum, wälzen uns über Jacken, kommen halb hoch und krachen in den Spiegel.

Mit absurder Eleganz öffnet sich darauf ein Regenschirm.

Die Einlage versetzt mich in einen Zustand der Raserei. Ich will Kern pausenlos schlagen. Ich will ihn gegen die Wand dreschen, bis sein Schädel platzt und ich keine Reaktion mehr sehe. Wir ringen um die Waffe.

In Wahrheit bin ich ein Stern, der auf seinem Weg durch den Raum Wellen aus Gas und Staub vor sich herschiebt. Kern scheint sich ständig zu verändern. Kleiner Kern. Großer Kern. Dünner Kern. Dicker Kern. Sein Kopf geht kaputt von meinen Schlägen, und sein Körper biegt sich und knackt.

»Verkapseltes Arschloch!«, brülle ich, weil es ihm gelingt, mir die Waffe zu entwinden.

Komische Beschimpfung, denke ich.

Dann knallt es. Mündungsfeuer blitzt, und der Flur scheint zu bersten. Es regnet Splitter, und zu meiner Verwunderung hat Kern mich gebissen. Er hat mich in die Rippen gebissen.

Ich taste mich durch den Flur, komme in den Garten, kippe über einen Zaun und laufe weg für immer.

Ich schlucke irgendwas und muss husten. Der Wald scheint flüssig. Flüssige Bäume, flüssiges Gras. Erstaunlich. Vorn ist eine Stelle zum Ausruhen. Ich lasse mich fallen, und es plätschert in mir.

Oben im Grün ist Sonnenuntergang, doch dann wird daraus Kerns Gesicht. Der alte Echserich. Seine Sommersprossen blitzen und stechen. Ich will ihn weghaben, aber Arme und Beine sind taub, und bald ist es angenehm, nicht allein zu sein.

Irrtum, denke ich.

Mit den Sinnen schwindet der Schmerz, und Gefühle steigen auf, wie ich sie lange vermisst habe …

Nelli wartet auf der Straße. Sie trägt ein blaues Kleid voller Ketten und Knöpfe.

Als ich zu Boden sinke, beginnt sie zu singen. Es ist ein Schlaflied, und sie singt es mit hoher und klarer Stimme.

Kindlein mein, schlaf doch ein, weil die Sternlein kommen.

Und der Mond kommt auch schon wieder angeschwommen.

XVIII

Kurz nach dem Schuss
Ingo Kern telefoniert mit seinem Anwalt

Nach dem Knall lässt er von mir ab. Ich blute, bin aber nicht ernstlich verletzt. Offenbar traf der Schuss in den Spiegel. Alles ist mit Scherben übersät. Ich versuche nachzudenken, kann aber nicht sagen, ob ich abgedrückt habe. Fakt ist dieses Desaster. Wie kann man eine Flurgarderobe aus Edelstahl anschaffen? Damit hat sich Solveigs Traum von der klaren Korridorsituation hoffentlich für alle Zeiten erledigt.

Ich höre Brenner schnaufen und rutsche ein Stück vor. So kann ich bis in die Küche und weiter in den Garten blicken. Er versucht gerade, über den Zaun zu klettern. Ich starre auf die Pistole in meiner Hand, eine vernickelte Beretta M1934. Chruschtschow hat sie mir zum fünfzigsten Geburtstag mit dem Hinweis geschenkt, die Waffe sei bildhübsch, klemme aber mitunter. Das Magazin fasst sieben Schuss und enthält noch sechs Patronen.

Weshalb lag die geladene Beretta im Flur?

Ich wollte ein letztes Mal vom Schlafzimmerfenster aus in den Wald schießen. Jahrelang erledigte ich von dort oben die im Herbst aus den Feldern einfallenden Ratten. Deshalb war ich noch mal in den Keller gegangen. Ich hatte den Schalldämpfer vergessen.

Brenner müht sich am Zaun. Er hängt breitbeinig auf

den Latten und fällt auf der anderen Seite wie ein Sack zu Boden.

Dieses Schwein wollte mich umbringen. Ich rappele mich auf und gehe ihm nach.

Er verschwindet gerade im Unterholz.

»Stehen bleiben!«, rufe ich, worauf er unbeholfen losrennt.

Mich interessiert vorerst nur, wie schwer er verletzt ist. Alles Weitere ordnet sich dem unter.

Er klammert sich an Bäume, stößt sich von einem ab, um zum nächsten zu stolpern. Mein weißes Hemd muss wirken wie das Zeichen des Jägers. Das erinnert mich an den Norwegentrip mit Georg, als wir an einem Fjord zwei Tage lang Orcas beobachteten. Um Heringsschwärme zusammenzutreiben und dann zu fressen, zeigten die Kolosse ihre weißen Bäuche.

Es ist so weit.

Er watet durch den Kanal und bleibt in einer Mulde auf der gegenüberliegenden Böschung liegen. Eine Weile beobachte ich die über den Boden kratzenden Bewegungen seiner Arme und Beine. Dann gehe ich vor. Unwahrscheinlich, dass er mir sechshundert Meter Angeschlagensein vorgespielt hat, um noch einmal zu kämpfen. Aber die Beretta stecke ich erst weg, nachdem ich ihn umgedreht habe.

Ich reiße sein Hemd auf und muss suchen. Unter der linken Achselhöhle werde ich fündig. Das Einschussloch ist unscheinbar. Die Kugel steckt nah am Herzen. Dass er mit dieser Verletzung, die eher nach innen blutet, so weit kommen konnte, grenzt an ein Wunder.

Er atmet kurz und hat praktisch keinen Blutdruck mehr. Ich zerre ihn herum, sodass seine Beine den Abhang hinaufzeigen, und decke mein Hemd und auch meine Hose über ihn, aber das dürfte es gewesen sein.

Während er stirbt, kauere ich in Unterwäsche daneben und überlege, ob ich seine Hand halten soll, lasse es aber und versuche den Ablauf zu rekonstruieren.

Alle Konzentration führt zu nichts. Mir fällt nur ein, dass im Haus der Tresor offen steht.

Mit Brenners Exitus setzt etwas wie Panik ein. Im separaten Schließfach liegen alle Unterlagen. Ich ziehe mich an und denke nach.

Der Plan, den Tresor in die neue Wohnung transportieren zu lassen, hat sich erledigt. Unter Umständen wird es keine neue Wohnung geben. Es gibt diesen Wald und einen Haufen Fragen von Leuten, die dafür bezahlt werden, Zusammenhänge herzustellen.

Unten im Kanal steigen Bläschen auf, was mich an Gunnars Sorge beim Angeln erinnert. Nein, möchte ich ausrufen, Fische mögen es nicht, wenn man sie anfasst.

Um Brenner verscharren zu können, fehlen Zeit und Werkzeug.

Trotzdem versuche ich es, provisorisch, mit Laub. Der Impuls, ihn verschwinden zu lassen, ist stark.

Dann gehe ich zum Haus zurück. Vielleicht ist die Polizei noch nicht eingetroffen.

Fehlanzeige. Blaulicht strahlt durchs Gebüsch. Ich taste nach meinem Telefon. Zum Glück habe ich nie auf meinen Sohn gehört, der Gürteltaschen fürs Handy peinlich fand, sonst hätte ich jetzt ein Problem mehr. Das Gerät hat den Kampf unbeschadet überstanden. Ich wähle die Nummer von Achim Kramer.

Georgs juristische Geheimwaffe hebt sofort ab.

»Hallo, Ingo, ewig nicht geplaudert!«

»Ich bin in Schwierigkeiten.«

»Was ist los?«

»Ich habe jemanden erschossen.«

»Wie bitte?«

»Er hat mich zu Hause überfallen. Die Waffe lag griffbereit. Es war Notwehr.«

»Wann war das?«

»Vor fünfzehn Minuten.«

»Wo bist du?«

»Im Wald hinter meinem Haus.«

»Ist Polizei vor Ort?«

»Ja.«

»Hast du mit jemandem gesprochen?«

»Nein.«

»Was machst du im Wald?«

»Nach dem Schuss ist er abgehauen. Ich war nicht sicher, ob ich ihn getroffen hatte, und bin hinterher.«

»Du musst sofort herkommen. Keine Verhaftung! Zu niemandem ein Wort, selbst wenn sie dich noch schnappen. Wir sprechen das dann in Ruhe durch. Du bekommst unseren besten Mann und stellst dich morgen früh. Wo kann ich dich abholen?«

»Warte!«

»Wieso?«

»Im Haus steht der Tresor offen.«

»Ja und?«

»Da liegt dein Bericht von damals drin. Die Akte. Alle Namen. Das ganze Zeug.«

»Du solltest das vernichten!«

»Ich weiß.«

»Oh, Mann.«

»Achim.«

»Was denn noch?«

»Der Typ, den ich erschossen habe, war der Freund unseres Toten im Waschraum.«

»Nein!«

»Doch.«

»Geh dort weg! Schlag dich durch den Wald Richtung Osten. In, sagen wir, zwei Stunden hole ich dich am Schießplatz in Ahlbeck ab. Vorn an der Schranke. Schaffst du das?«

»Kein Problem.«

»Schalte dein Handy aus.«

Der Anwalt legt auf.

Ich mache mich davon und passiere noch einmal den Leichnam. Ich lasse ihn links liegen und stoppe erst eine Stunde später an einer umgestürzten Eiche. Die verknorpelte Rinde besteht aus riesigen Segmenten. Kurz und nicht ohne Genuss betrachte ich das morsche Innenleben des Stammes.

Dann jage ich weiter.

Danksagung

Ohne meine Familie, die Hilfe von Freunden und fachliche Beratung hätte ich diese Geschichte nicht schreiben können.

Ich danke Anna, Nara und Lucie, Peter, Hendrik und Andreas, Jörn und Kati, Georgia und Michael, Maike und Jan, Ola, Hans-Christian, Uli, Annette, Hans-Georg, Steffen, Jörg, Karin, Friedhelm, Niels und Max. Erkenntlich zeigen möchte ich mich bei Helga Westholm, Rainer Jaeschke, Andreas Patzwahl, Ulli Dumke, Horst Kuhlemann, Ernst F. Hahn und den Brüdern Schiekel. Udo Grashoff danke ich für die Genehmigung, aus seiner Untersuchung »In einem Anfall von Depression – Selbsttötungen in der DDR« zu zitieren. Respektvoll verweise ich auf ein mir namentlich nicht bekanntes Suizidopfer (gestorben 1980 in der MfS-Untersuchungshaftanstalt Leipzig), dessen Briefen die Parabel vom tanzenden Bären in Kapitel XIII entnommen ist.

Ich danke Wolfgang für das Lektorat.

Nach einer ersten öffentlichen Lesung aus dem Manuskript entwickelte sich eine Diskussion. Ein sächsischer Unternehmer gab mir zu verstehen, dass er »Im Inneren des Landes« für nicht zeitgemäß hielte, jedenfalls was ihn betrifft. Seine Frau konterte: »Und warum weigerst du dich seit dreißig Jahren, auf dem Darß Urlaub zu machen?« Da er schwieg, antwortete sie selbst: »Weil du dort bei der Armee warst, mein Lieber, und diesen Ort nie wiedersehen willst.«